年下シェフの溺愛フルコース

安曇ひかる

幻冬舎ルチル文庫

CONTENTS ✦目次✦

年下シェフの溺愛フルコース

✦カバーデザイン＝chiaki-k（コガモデザイン）
✦ブックデザイン＝まるか工房

イラスト・yoshi✦

年下シェフの溺愛フルコース

大通りから路地に入り、ひとつ目の角を曲がった場所に、小さなビストロが開店したのは半年ほど前のことだった。木製の扉の横に、金色の崩した字体で『BISTRO《ビストロ》・GAI《ガイ》』と店名が刻印され、漆喰調の白い外壁には小ぶりな窓が几帳面に五つほど並んでいた。ふうん、なかなかセンスがいいじゃないかと感じたことを覚えている。

開店当時は昼も夜も空席が目立っていたが、その後順調にリピーターを増やしたらしく、この頃ではランチタイムに店の前に列ができていることもある。どうやらシェフの腕は確かなようだ。

自宅マンションからは直線距離にして三百メートルほどなのでギリギリ「近所」と言える場所ではあるが、それでも以前の唯織《いおり》なら、路地裏の小さな店の存在に気づくことはなかっただろう。

目に留まった理由は簡単だ。このところの唯織が散歩を趣味としているからだ。趣味というのはちょっと違うかもしれないが、とにかくこの一年ほど、唯織は日々の散歩を欠かさない。

通行人の少ない住宅街をくねくねと抜け、その先にあるコンクリート製の階段から堤防道路に上る。四季の移ろいを味わいつつ、河原の道を一時間ほど歩くのだ。時折すれ違う人に会釈をされることはあるが、今のところ「夏川《なつかわ》さんですよね」と声をかけられたことはない。もしもそんなことがあれば、散歩コースを変更しなければならないと思っている。

機会があれば一度入ってみたいと思っていた『GAI』の前で、その日唯織は初めて足を止めた。散歩の帰り道のことだった。乾いた秋風に乗ってふわりといい匂いがして、思わず鼻をひくひくさせてしまった。

そういえばこのところコンビニ弁当ばかりでちゃんとした食事をしていないなあ、などと考えていると、折よく扉が開いて、イーゼルを手にした若い男性店員が出てきた。白いシャツに黒いギャルソンエプロンを身につけている。ウエイターなのだろう。

横目でさりげなくイーゼルを確認する。本日はAランチが『鴨《かも》のコンフィ』、Bランチが『ブイヤベース』。どちらもサラダとデセール（デザート）とドリンクが付いて千二百円（税込）らしい。都心からやや離れているとはいえ、なかなか良心的な価格ではないだろうか。

——今日の気分はブイヤベースだな。

一瞬でBランチに決定したのはいいが、果たして予約なしでも大丈夫なのだろうか。そんな唯織の逡巡《しゅんじゅん》を察したのか、ウエイターがにっこりと微笑《ほほえ》みかけてきた。

「お席でしたら、ご用意できますよ」

アルバイトだろうか、まだあどけなさの残る青年の誘いに、気づけば「ああ」と頷《うなず》いていた。「どうぞ」と扉を押さえて中へ誘う彼に「ありがとう」と返した途端、腹がぐうっと派手な音を立て、唯織はちょっぴり慌てた。

扉が閉まると同時に「いらっしゃいませ」という声が聞こえた。カウンターの奥にある厨房《ちゅうぼう》からだ。視線が合う前に背中を向けてしまったので顔ははっきりと見えなかったが、後ろ姿から想像するに、若い長身の男らしい。何かを炒めているらしく、アルミのフライパンを振る手元が見えた。

――いい声だな。

質の良い革のように滑らかで低い声が、唯織の好みだった。

厨房を囲うように配置されたカウンターに五席と、ふたり掛けのテーブル席が五つあるだけの店内はお世辞にも広いとは言えなかったが、外観と同じ漆喰の白と、黒と見紛《みまが》うほど深いダークブラウンのテーブルと椅子《いす》が、落ち着いた高級感を醸し出していた。

奥から二番目の席に案内され、Bランチを頼んだ。ほんの一瞬だけAランチの『鴨のコンフィ』に心が傾《かし》いだが、初志を貫徹することにした。何事においても直感は大事だ。

ブイヤベースはフランスの港町・マルセイユ発祥の料理で、「沸騰した（bouilli）」と「火を落とす（abaisse）」の合成語ともいわれている。マルセイユ市には「ブイヤベース憲章」なるものがあると以前聞いたことがある。地中海の岩礁に生息するカサゴ、ホウボウ、マトウダイ、オコゼなどを四種類以上入れなければならず、反対にタイやムール貝、タコ、イカなどは入れないという。実に面倒くさいルールなのだが、極力地元の魚を使わせるためのものだというのが、いかにも地産地消の国・フランスらしい。

ちなみに唯織はタイもムール貝もタコもイカも好物なので、憲章違反のブイヤベースもウエルカムだ。

料理人でもないのに頭の中に雑知識ばかりが蓄積していくのは、一種の職業病なのだろう。

夏川唯織は小説家だ。ペンネームは本名。恋愛を絡めたミステリー小説でここ数年人気を博している。ファン層は老若男女幅広く――と言いたいところだが、圧倒的に若い女性が多い。それが小説の内容ではなく、残念ながら自身のルックスによるものだということはわかっている。

さらりと癖のない髪には、三十一歳になった今も天使の輪ができる。顔が小さく手足が細長い体型は思春期の頃からほとんど変化がない。バランスがいいねと褒められることも多いが、途中で成長が止まったようで本人としては不満だ。アーモンド形のちょっと吊《つ》り上がり気味の目はツンと気の強い猫を思わせるらしく、学生時代のあだ名は「アメショ」だった。ルックスで本が一冊でも多く売れるならそれもいいだろう。少し前まではそんなふうに割り切っていられたのだが、最近少々事情が変わった。

『うーん……なんて言えばいいのかな』

昨日のことだった。持参した新作のプロットを一読した光源《こうげん》書房の担当編集者・笹崎《ささざき》は、唸《うな》りながら天井を仰《あお》いだ。予想していた通りの反応に、唯織はテーブルの上に広げられたプロットに視線を落とした。会心の出来でないことは、唯織本人が一番よくわかっていた。直ちに回収して『出直してきます』と逃げ出したくなるのをぐっとこらえた。

『イマイチですかね』

やっぱり、と付け加えなかったのがせめてもの矜持《きょうじ》だった。デビュー以来九年に亘って唯織を担当してくれている笹崎は、苦悩の表情を浮かべたままもう一度低く唸った。

『なんというか、勢いが感じられないんですよね』

十歳も年下の作家に対しても丁寧な敬語で接してくれる笹崎に、唯織は全幅の信頼を置いている。

『勢い……ですか』

『良くも悪くもどっかズレているんだけど、「あいつはああいうキャラだから」って読者をねじ伏せて、納得させて、結局最後まで楽しませちゃう。そういう主人公が夏川さんの魅力のはずなんですけど……』

このプロットの主人公からは、そういった魅力が感じられない。笹崎が呑《の》み込んだ言葉を想像したら、胃の奥がずっしりと重くなった。唯織はそっと瞳を伏せ、唇《くちびる》を噛《か》んだ。

いつも穏やかで明るく、乗せ上手《じょうず》で励まし上手な笹崎が、珍しく苦悩の表情でため息をついているのは、このところずっとこの手のやり取りが繰り返されているからだ。勢いがない、既視感がある、落ち着きすぎている……。要するにプロットが通らないのだ。そんな状態がずっと続いているのだから、笹崎でなくてもため息しか出ない。

——このままだと、そのうち仕事切られるかもな。

「お待たせしました、Bランチです。本日の魚は、カサゴとホウボウとオコゼになっております」

差し出されたブイヤベースの鮮やかな色味に、遠くに行っていた意識が戻ってくる。別皿に薄くスライスされたバゲットと、ソースの入ったココットがふたつ添えられていた。

「白い方がアイオリというニンニク入りのマヨネーズソースです。隣のオレンジ色の方はルイユと言って、オリーブオイルに卵黄と唐辛子、サフラン、にんにくなどのスパイスを加えたソースです。お好みで加えてお楽しみください」

唯織が「ありがとう」と頷くのを待って、ウエイターは去っていった。ふわりと漂うサフランの香りに鼻腔《びこう》を擽《くすぐ》られながら、唯織はスプーンを手に取った。まずはひと口スープを啜《すす》る。魚介の出汁《だし》と香味野菜が複雑に絡み合っていて、思わず「美味《うま》い」と呟《つぶや》いた。

早速ルイユをひと匙《さじ》加えてみる。それなりの店に行けば大抵アイオリが添えられているが、ルイユまで付けてくれる店はそう多くはない気がする。

さらにコクとふくよかさを増したスープにバゲットを浸して口に運ぶ。

「うん……美味い」

そうそうこれ。ブイヤベースはこうでなくっちゃと、気づけばひとりでコクコクと何度も頷いていた。

『本場では、最初にブイヤベースのスープだけを取り分けて、そこにソースをのせて、チーズやクルトンなんかと一緒に食べるんだ。で、次に魚介類だけを皿に載せて、メイン料理として食べる――。ひと皿で二度美味《おい》しい、ってやつだな』

初めて連れていかれた本格フレンチの店で、そんな解説をしてくれた男の横顔がふと目蓋《まぶた》に浮かんだ。豪快な食べっぷりと、ちょっぴり毒のある話し方。ラフなのに決して下品にならない不思議な人だった。

思い出がチクリと胸を刺したが、それもほんの一瞬のことだった。目の前のブイヤベースは、このところ塞ぎがちだった唯織の心に爽やかな風を運んでくれた。

――やっぱり食事って大事だな。

メインのブイヤベースを平らげ、運ばれてきたデセールのモンブランタルトにフォークを刺そうとした時だ。「あの」と隣のテーブルから声をかけられた。二十代だろうか、若い女性のふたり連れだった。マルセイユの風を楽しんでいるうちに、いつの間にか店内は満席になっていた。

「作家の夏川唯織さんですよね」

「あ……はい、そうです」

笑顔！　と心の中でもうひとりの自分が叫ぶ。唯織はほぼ反射的に口角を引き上げた。

「やっぱり！　私、大ファンなんです」

ストレートロングの女性が興奮気味に告白した。

「私もファンです。どうしよう、本物の夏川先生に会えるなんて夢みたい」

ショートボブの女性は頬を紅潮させている。ふたりが口を揃えて「最高でした」と評してくれたのは、唯織のデビュー作だった。文学賞にノミネートされ、ドラマ化もされたので知っている人も多い。

「ありがとうございます」

口元に微笑みを湛《たた》えたまま、唯織は会釈をした。ふたりは嬉《うれ》しそうに「きゃっ」と小さく歓声を上げて互いに顔を見合わせている。どうする？　どうする？　言ってみる？　みたいな雰囲気が伝わってきて、唯織はひっそりと嘆息する。

「あの……ですね、ええっと」

ストレートロングが言いあぐねる。

「もしよろしかったら、サインとか……」

ショートボブが引き取る。

「いいですよ」

もちろんです、サインも作家の仕事です、とばかりに微笑むと、もじもじしていたふたりがぱあっと破顔した。恐縮気味に差し出された二枚のハンカチにそれぞれサインを入れると、ふたりは何度も「ありがとうございます」と繰り返した。

驚くほどのことではない。サインを求められているうちが花だとわかっている。しかし予想通り飛び出した彼女たちの台詞《せりふ》は、唯織を少なからず打ちのめした。

「新作、待ってます」

「楽しみにしています。頑張ってくださいね」

「あ……はい」

ありがとうございます、と小声で答えるのがやっとだった。

笑顔は保てていただろうか、声は震えていなかっただろうか。楽しみにしていたモンブランタルトの味は、結局よくわからなかった。

コーヒーを飲み干してレジに向かう。ウエイターは別のテーブルで接客をしているので、少し待たされるだろうと思ったのだが、すぐに厨房からシェフらしき男が出てくるのが見えた。どうやら『GAI』はシェフとウエイター、ふたりで切り盛りしているようだ。

「本日はご来店いただきありがとうございました」

レジカウンターを挟んで立つ彼を見上げ、唯織は一瞬、言葉を失くした。

——わ……めっちゃイケメン。

およそ物書きとは思えない貧相な語彙に自ら脱力したが、それが正直な感想だったのだから仕方がない。語彙が吹っ飛ぶほどの、それはそれは爽やかで凛々《りり》しい美男子だった。

身長は百八十五センチを超えているだろう、百七十センチちょっとの唯織は軽く見上げるような姿勢になる。キリリと整った目元は涼しげだが、静かな笑みを浮かべた口元はそこはかとなく上品で穏やかだ。若く見えるが、醸し出す雰囲気に浮ついたものは感じない。おそ

らく唯織と同年代だろう。

「ご馳走《ちそう》さまでした。とても美味しかったです」

「そうですか。よかった。ホッとしました」

彼は心から安堵《あんど》したように胸に手を当て、眦《まなじり》を下げた。その笑顔は無邪気な少年のようだ。もしかするといくつか年下なのかもしれない。

コックコートの腕に『G.KANZAKI』と書かれている。もしや『GAI』という店名は彼の名前だろうかと想像していると、男は「シェフのカンザキガイです」と自己紹介をした。

「神楽坂《かぐらざか》の神に、竜飛崎《たっぴざき》の崎、凱旋門《がいせんもん》の凱です」

東京、青森、パリと移動する個性的な自己紹介に半笑いしていると、「あの」と声を落として凱が顔を近づけてきた。

「なんだかすみませんでした」

「……え？」

謝罪される理由が思い浮かばず、唯織はきょとんと瞬きをする。

「落ち着いて召し上がれなかったのではと……」

凱がチラリと視線を動かした。その先のテーブルではさっきのふたり組の女性客が楽しそうにモンブランタルトを突いている。唯織は「すみませんでした」の意味を理解した。

「落ち着いて食べられましたので、お気になさらず」

「それならいいんですけど」

唯織の笑顔に、凱は少し安心したようだった。

――しかしこのシェフ……。

財布からクレジットカードを取り出しながら、唯織はちょっとばかり驚いていた。女性たちから声をかけられた時、胸に過《よぎ》った感情。それは喜びや誇らしさといったものとはほど遠かった。食事中なのに面倒くさいな、といった批判めいた気持ちでもない。

――しいて言えば、怯《おび》え、だろうか。

けれどその感情を顔に出した覚えはない。〝秘儀・笑顔の鉄仮面〟に綻《ほころ》びなどなかったはずなのに。

――どうして見抜かれたんだろう。

ずっと厨房に立ちフロアに背を向けていた凱が、唯織と彼女たちのやり取りに気づいていただけでも驚きなのに。唯織の心の奥底で微《かす》かに揺れたものに、彼は気づいたというのか。初対面だというのに。

「またいらっしゃっていただけたら嬉しいです」

「もちろん。近いうちにまた寄らせてもらいます」

すると凱は、パッと花が咲いたように笑った。邪気の欠片《かけら》もない笑顔は、欲しかったおもちゃを買ってもらえることになった幼い少年のそれだった。

「この次はぜひご予約のお電話をください」

「わかりました」

「お待ちしております」

渡された名刺大のショップカードを手に店を出た。

『BISTRO・GAI』シェフ・神崎《かんざき》凱。

歩きながら、白いカードに印字された文字を見つめていたら、本州最北端の岬とパリのシンボルが同時に浮かんできて、ちょっと笑ってしまった。同時に「おれにもまだつまらないことで笑える元気があるんだ」と、妙に嬉しくなった。


当たり前のことだが、読者の存在なしに作家という職業は成立しない。自分以外の誰かの目に触れることで、初めて作品は「生まれる」のだ。名作だろうと駄作だろうと関係ない。小説とはそういうものなのだ。

もちろん唯織も読者を大切にしている。彼ら彼女らの期待に応えようと精一杯努力し、応えられなかった時には落ち込み、反省もする。握手やサインを求められた時も、よほどのことがない限り断らないことにしている。

別にいい人ぶっているわけではない。感謝の気持ちがあればそれほど難しいことではない。ところがそんな当たり前の対応が、このところの唯織には難しくなっていた。ファンに声をかけられたり、サインを求められたりすることが怖くて仕方ないのだ。怯えの原因はその際に必ずといっていいほどかけられる言葉だ。

新作、楽しみにしています。

心優しいファンは大抵そう言ってくれる。さっきの女性ふたり組もそうだった。以前の唯織にとって直接、あるいはインターネットを通じて届けられるエールは、長く孤独な執筆活動を支える何よりのカンフル剤だった。しかし今は「ありがとうございます」と答える裏で身体中《からだじゅう》に冷や汗をかく。

理由はただひとつ、新作が出る予定がないからだ。

わけあって唯織は、この一年半ほどまったく小説が書けずにいる。

何もさぼっているわけではない。付き合いのある出版社には定期的にプロットを提出しているし、打ち合わせもしている。しかしどうしたことか、そのプロットがひとつとして通らない。小説を書き始める以前の段階で、一年半もの間ずっと躓《つまず》いているのだ。

ひと月やふた月ならともかく、一年半のスランプはさすがに長すぎる。三ヶ月を過ぎた頃、唯織は各社の担当編集者に正直に事情を話した。幸いみな理解を示してくれ、「対外的には『しばらく充電中』ということにしましょう」と提案してくれた。

ありがたい配慮だが、それだけに焦りは募る。一体あとどれくらいで充電を終えられるのか、当の唯織にもまったく見当がつかないのだから。

数ヶ月後か、あるいは数年後か。

最悪このまま引退ということも十分にあり得る、実に由々《ゆゆ》しき事態なのだ。


その日も朝からパソコンの前で、遅々としてまとまらないプロットと格闘していた唯織に、そろそろ昼飯の時間だと知らせたのは腹時計だった。

——やれやれ、アイデアの欠片も浮かばないっていうのに。

落ち込んでいても腹だけは減るものだ。ぐうぐうとうるさい腹に辟易しながら立ち上がると、頸《くび》やら膝《ひざ》やらが一斉にバキボキと派手な音を立てた。

いつものように近所のコンビニへ向かおうと財布を手にした。食べ飽きて久しい弁当のラインナップを思い浮かべていると、ふと財布から白いカードがはみ出しているのが目に入った。三日前にもらった『GAI』のショップカードだ。

「美味かったな……あのブイヤベース」

お世辞でなく絶品だった。過去にもいろいろな店で食べたことがあるが、間違いなく『GAI』のブイヤベースが一番だ。口いっぱいに広がったこっくりと濃厚なスープの味を思い出したら、唾液腺《だえきせん》がツンとした。

『またいらっしゃっていただけたら嬉しいです』

イケメンシェフの爽やかな笑顔が浮かぶ。気づけば唯織はポケットのスマートホンに手を伸ばしていた。

「いらっしゃいませ」

扉を開けた途端、若いウエイターの高く澄んだ声が迎えてくれた。名乗る前に「お待ちしていました」と笑顔で近づいてくる。顔を覚えてくれていたらしい。

少し遅れて厨房の方からも「いらっしゃいませ」の声が飛んでくる。低く滑らかな声は、やっぱり唯織の好みだった。奥にあるオーブンの前にいた凱が、顔だけをこちらに向けて会釈をするのが見えた。唯織は微笑み、小さく頷いた。

「こちらのお席へどうぞ」

案内されたのは、一番奥の席だったのだが——。

「えーと、ここは……」

店に入った瞬間、実は微かな違和感を覚えていた。三日前にはなかったものがそこにあったからだ。

「ひと席だけパーティションで囲うことにしたんです」

ウエイターがにっこりと微笑む。

「そうなんだ」

最奥のテーブルの前に設置された焦げ茶色のパーティションが、他のテーブルからの視線を完全に遮っている。簡易VIP席といったところだろうか。

「こちらのお席でいかがでしょう」

いかがでしょうも何も、そこ以外はすべて満席だ。唯織は「かまいませんよ」と答え、席に着いたのだが。

――まさかこの席、俺のために？

ふとそんな考えが過る。

『落ち着いて召し上がれなかったのではと……』

あの時のちょっと不安げな凱の顔が浮かんだ。食事中にまたサインを求められたりしないように、パーティションで囲った席を用意してくれたのだろうか。

その想像をしかし、唯織はすぐに打ち消した。

――ないない。それはない。

唯織はシェフの顔馴染《かおなじ》みでもなければ店のリピーターでもない。一見《いちげん》の客のために、そこまでの気遣いをする必要はどこにもない。それに唯織が隣席の女性たちにサインを求められていることに気づいてはいても、唯織の正体――そこそこ人気のある作家だということはわかっていないはずだ。シェフにしてもウエイターの青年にしても、唯織の顔に見覚えがあるような様子はなかった。

――考え過ぎだ。

唯織はメニューを手に取る。本日はAランチが『オマール海老のビスク』、Bランチが『骨付き仔羊のロースト（赤ワインソース添え）』だった。

オマール海老も捨てがたかったが、唯織はBランチを選んだ。なぜならビスクは前回と同様の「サラダ付き」だったが、仔羊のローストの方は「ミニオニオングラタンスープ付き」となっていたからだ。

フレンチレストランのシェフの力量を知りたいなら、オニオングラタンスープを注文するといい――というのは有名な話だ。シンプルなメニューだからこそ、ごまかしが利かないのだ。大好物のオニオングラタンスープを、そういえばここしばらく口にしていない。

――あのブイヤベースを作れるんだから、オニオングラタンスープも期待ができそうだ。

凱の作るオニオングラタンスープを、ぜひとも食べてみたいと思った。

玉ねぎをキャラメリゼしてビーフブイヨンでコトコト煮込む。そこにクルトンやバゲット、チーズなどを載せてオーブンで焼く。調理工程はそれほど複雑ではないが、味や風味はなかなかに深い。実はルイ十五世が発案した、などというロマンのある説もあるらしい。

あまり知られていないことだが、オニオングラタンスープというのは和製仏語だ。本場フランスでは「スープ・ア・ロニョン・グラティネ（soupe à l'oignon gratinée）」と呼ばれている。彼の国の人々は二日酔いの際に食すというのだから、文化以上に胃袋の違いを感じてしまう。唯織などは、二日酔いの際はスポーツドリンク一択だ。味噌汁すら受け付けない。

暇に任せて脳内で蘊蓄《うんちく》を捏《こ》ね回していると、Bランチが運ばれてきた。美味しそうにローストされた仔羊の皿の横に、小さな鋳物《いもの》のココットが添えられている。ミニとあったが、思っていたより量がありそうだった。

並べられたカトラリーの中から、唯織は迷わずスープ用のスプーンを手にした。

ココットの中央にスプーンの先をゆっくりと挿し入れる。こんがりと焼けたチーズとその下に潜んでいたバゲット割れて、ふわりと湯気が立った。飴色《あめいろ》に炒められた玉ねぎの甘い匂いが漂う。

——これこれ、この匂い。

匂いも逃すものかとばかりに鼻をひくつかせ、唯織はスプーンを口元に運ぶ。気は急《せ》くけれど火傷《やけど》はゴメンだから、念入りにフーフーをした後、スープをたっぷりと含んだバゲットを、はふはふといただく。

「ん〜〜っ！」

思わず変な声が出た。炒めた玉ねぎの甘みとチーズのコクが相まって、なんとも深い味わいになっている。

——美味い。美味すぎる。

頭の中に『ラ・マルセイエーズ』が鳴り響き、唯織はスプーンを手にしたまま身悶《みもだ》えた。

パーティションがなかったら、他の客から白い目で見られたかもしれない。

——なんだこれ、最高なんだけど。

若いのに、神崎凱というあのシェフは天才なのだろうか。自分が知らないだけで、界隈では有名な人物だったりするのだろうか。唯織はパーティションの端からそっと顔を出し、厨房の方を見やった。

凱は三日前と同じ姿勢、同じリズムで黙々とアルミのフライパンを振っていた。白いコックコートに隠されてはいても、肩や背中の筋肉が隆起しているのがわかる。均整の取れた体《たい》躯《く》から若い雄のフェロモンが立ち昇るのが見えるようで、唯織はコクリと喉《のど》を鳴らした。

——脱いだら凄そうだな……って、何考えているんだ、おれは。

ふるんと頭を振って、オニオングラタンスープを口にした。

「あっち！」

凱の後ろ姿に見惚《みと》れてフーフーを怠った唯織は、まんまと舌を火傷した。

予約の電話をした時間が遅かったからだろう、唯織はランチタイム最後の客となった。会計にはやはり、凱が出てきてくれた。

「今日のランチはいかがでしたか？」

笑顔で凱が尋ねる。

「美味しかったです。特にオニオングラタンスープが最高でした」

ほどよくローストされた仔羊は柔らかく、赤ワインのソースとよく合っていた。しかし唯織の心を捉えたのは間違いなくオニオングラタンスープだった。

「今まで食べたオニオングラタンスープの中で、一番の味でした」

正直に感想を告げると、凱は「そんな」と照れたように顔の前で手を振った。

「でもオニオングラタンスープを褒めていただけるのが一番嬉しいんです。ありがとうございます」

「他の料理も食べてみたくなりました」

「よろしかったら、今度はディナーにいらっしゃってください。ランチには出していないメニューもありますから」

「ぜひ」

レシートを受け取りながら、唯織はパーティションに視線をやった。

「おかげさまでゆっくり食べられました。ありがとう」

何気なく口にした台詞に、凱はなぜかハッとしたように目を見開いた。

「あ、あれは、特にその、そういう意味ではなく」

視線を上下左右にせわしなく動かしながら、凱はしどろもどろな言い訳を始める。

「こ、こういった狭い店なので、テーブル同士がわりと近くて、はい……すみません」

またしても意味不明な謝罪を受け、唯織は訝《いぶか》りつつ首を傾げる。

「他の人の目を気にしないでゆっくり寛ぎたい方とか、内緒話や密談をしたい方とか、いちゃいちゃしながら食べたいカップルとか、いろんなお客さんのニーズに応えたいと思いまして、試験的にひと席だけああいった形にしてみたわけなんです。はい」

あの席を設けた理由を、凱は早口で捲《まく》し立てた。一体誰に対する言い訳なのか。唯織は戸惑いながら「なるほど」と頷くしかなかった。

「料理以外にも、いろいろと工夫が必要なんだね」

「開店してまだ半年なので、あれこれ試行錯誤しているところです」

「味は文句なしだから、きっと上手《うま》くいくよ」

「あ……ありがとうございます」

気のせいだろうか、ぺこりと頭を下げる凱の頬《ほお》が少しだけ上気しているように見えた。

フライパンを振る様は熟練の職人のそれだった。納得の味に頷く背中からは、そこはかとない男の色気が漂っていた。けれどこうして長身の身体を猫背にする彼は、まるで初恋中の中学生のようだ。

顔を合わせるのは二度目なのに、この天才シェフはいろいろな顔を見せてくれる。何を慌てているのかレジの入力を間違えて焦る凱の横顔を、唯織は不思議な気持ちで見つめた。

次はディナータイムに来ることを約束し、店を後にした。

美味しい料理の力は偉大だ。満腹の幸福感に浸りながら帰宅しようとした唯織は、ふと歯磨き粉が切れそうになっていたことを思い出し、『GAI』の東隣にあるコンビニに寄った。

目的の品を買って出てくると、同じタイミングで『GAI』の西側の奥にある裏口のドアが開くのが見えた。ゴミ袋のようなものを手にして出てきたのはあの若いウエイターだ。ドアを開いた状態で、中にいる凱と何やら話をしているようだ。唯織は何げなく足を止めた。

「凱くんさあ、いくらなんでもちょっと下手《へた》すぎだよ」

客がいないせいか、かなりくだけた口調だった。

「下手？　何が」

コンビニの駐車場には大型のＳＵＶ車が停められていて、ウエイターからは唯織の姿が見えないようだ。

「言い訳だよ。もっとシャキッとしないと」

「言い訳？　なんのことだ」

「あーあもう、しらばっくれちゃって。バレてないと思ってるんだとしたら、凱くん相当おめでたいよ？」

「だからなんの話だよ」

無論唯織にもなんの話だかさっぱりわからないが、立ち聞きはよくない。その場から立ち去るべく踵《きびす》を返そうとしたのだが。

「夏川さんのことだよ」

突然自分の名前が飛び出し、唯織はビクリと足を止めた。

「凱くん、この間オレに言ったよね。『いいか一哉《かずや》、有名人だって、いや有名人だからこそプライベートはゆっくりと寛ぎたいはずなんだ。食事中にサインを求めるなんて、もっての外《ほか》だ』とか」

一哉というのがウエイターの名前らしい。

「あと、『いつも通り、普通に接しろ』とも言ったよね」

「ああ言った。けどそれがどうしたんだ」

「オレは普通に接客したよ？　でも凱くんは普通じゃなかった」

凱が「えっ？」と声を裏返した。

「お、俺だって普通だったろ」

「いいや、全然普通じゃなかったね。完全に舞い上がって、デレデレして」

「デレデレなんて――」

「やっぱり自覚ないんだね。まったくもう、どんだけ挙動不審だったか、録画しておけばよかったな」

一哉は、はぁっと大きなため息をついた。

「俺のどこが挙動不審だったんだ」

「オレの手が空いているのに厨房からわざわざ会計に出てきたり、いちいち顔赤くしたり、レジの入力間違えたり、どこが普通なんだよ」

「それは……」

「あと竜飛崎ってなんなの。意味不明なんだけど」

「あれは……突然頭に浮かんで」

「やっぱり……相当パニクッてたんだね」

もう一度、一哉はさっきよりさらに大きなため息をついた。

「大体あのパーティションはなんなのさ。オレには『普通に』とか言っておいて、夏川さんを一番特別扱いしてるの、凱くんじゃん」

「あ、あれは別に夏川さん専用ってわけじゃない。夏川さんが来ていない時は、他のお客さんにも使ってもらう」

「夏川さんが来ている時は、あの人の専用なんだね」

「そ、そういうわけじゃなくて」

「言っておくけど、VIP席を作っておけるような余裕ないからね、うちの店。ただでさえ利益率上げるの大変なんだから」

「そんなこと言われなくても——」

「わかってる？　本当にわかってんの？　凱くんって料理以外のこと、びっくりするくらい疎いからなあ。オレ、マジで心配だよ」

歯に衣着せぬ一哉の口撃に凱が窮したところで、裏口のドアが閉まった。いつの間にか身を硬くしていた唯織は、ようやく肩の力を抜く。

――やっぱりあのパーティションは、おれのためだったんだ……。

ふたりは最初から唯織の職業に気づいていた。そして「せめて食事中くらいゆっくりさせてやりたい」という思いやりから、パーティションを設置してくれたのだろう。凱のどこか不自然な態度は、唯織が人気作家だと知りつつ、それでも精一杯〝普通〟に接しようとした結果ということらしい。

――別にそんなに気を遣わなくてもいいのに。

まさか唯織専用席というわけではないのだろうが、それでもちょっと心苦しい。

気を遣わせた原因は唯織にある。サインを求められた時、ほんの一瞬覚えた怯えを凱に見抜かれてしまった。もっと上手に表情を取り繕《つくろ》えていたら、心の裡《うち》を悟られずに済んだのに。

――悪いことしちゃったかな。

明らかに年下に見える一哉に、一方的にやり込められている凱を想像したら、なんだか可笑《おか》しくなる。申し訳ないと思うのに腹筋がヒクヒクして、気づけば頬が緩んでいた。

歯磨き粉の入ったエコバッグを子供みたいに振り回しながら、唯織はディナーの予約をいつにしようかと考えていた。

唯織が散歩を始めたのは、ちょうど一年前のことだった。小説がまったく書けなくなって半年を過ぎていた。焦りから塞ぎがちになっていた唯織に、担当編集者のひとりがアドバイスをしてくれたのだ。

『行き詰まった時は散歩がいいですよ。足の裏は第二の脳とも言われているらしいんです。のんびり歩いているうちにストレスが解消されて、自然とアイデアが浮かんできたっていう話、結構聞きます』

散歩ごときでアイデアが浮かぶとは到底思えなかったが、藁《わら》にも縋《すが》りたい気分だった唯織は、翌日から早速散歩を始めた。

午前中のうちに歩く日もある。西日を浴びながら歩くことも。時間もコースもその日の気分次第だ。人通りの少ない住宅街の路地を適当に抜け、その先にある堤防道路を一時間ほどかけてのんびりと散歩する。

昨日と今日で変わる風の匂い、空の色、川の流れの音――。五感で感じる季節の変化は、メーターを振り切るほどのストレスを随分と軽減してくれたらしく、以前よりはよく眠れるようになった。睡眠障害もあったのだ。

残念ながらまだスランプ脱出とはいかないが、散歩の効果は確実に感じている。

――それに『GAI』とも出会えた。

昨日はあっちの道、今日はこっちの路地と無駄に歩き回っていたおかげで、半年前近所にできた小さなフレンチレストランに気づくことができた。

落ち着いているのかおっちょこちょいなのかよくわからない、しかし腕だけは確かな若いシェフの顔を思い浮かべながら、今日も唯織は河原の道を歩いている。

――いっそ本格的な探偵物にでも挑戦してみようかな。天才シェフ探偵とか。

折からの秋風に、ススキの大群がさわさわとそよいでいる。すっかり秋らしくなった河原の道を、唯織はてくてくと歩く。

――やっぱ無理だな。おれらしくない。

唯織の作品は、恋愛を絡めたものが多い。一応ミステリー小説に属してはいるが、ジャンルの端っこにちんまりと身を置かせてもらっているという感覚がある。ミステリーというからには毎度何かしらの事件が起き、主人公たちが巻き込まれていくわけなのだが、いわゆる「密室トリック」だとか「フーダニット（誰がそれをやったか）」、あるいは「アリバイ崩し」といった古典的な謎解きとは、一線を画しているからだ。

唯織のどの著書を開いても、一ページ目に登場人物の名前がずらりと並んでいることはないし、事件の現場となる不思議な形の館の見取り図も載っていない。嵐の夜に人里離れた屋敷に全員が閉じ込められたりもしない。列車や飛行機の時刻表も出てこないし、個性的な探偵も警視庁捜査一課の凄腕刑事も登場しない。ついでに言えば叙述トリックと呼ばれる読者にミスリードさせる手法を用いたことも、一度もない。

あくまでどこにでもいる登場人物たち。その心の動きに重きを置いた唯織の小説を、「本格心理ミステリー」などと銘打ってくれる書評家もいる。ネット上ではしばしば「恋愛ミステリー」と呼ばれている。分類はともあれ、唯織が作り上げた世界観を多くの人が楽しんでくれていたことは確かだった。こんな状態に陥る前までは。

――でも、おれらしさって何なんだろう。

どこからが持ち味で、どこからが依怙地《いこじ》なこだわりなのか、わからなくなって久しい。

天才シェフ探偵の案をセルフ却下した時だ。秋の乾いた風に乗って、どこからか声が聞こえてきた。

「……さ～ん！　夏川さ～～ん！」

どうやら誰かが自分を呼んでいるらしい。

前方に人の影はない。唯織は足を止め、ゆっくりと後ろを振り返った。

「夏川さ～～ん！」

手を振りながらぐんぐん迫ってくるその姿に、唯織は大きく目を瞠《みは》った。

――天才シェフ……。

陸上の短距離選手のようなスピードで走ってきた凱は、唯織の前でたたらを踏んで止まった。

「な、夏川さん……ふぅ……こんなところでっ、会うなんて……はぁ……偶然ですね」

「どこから走って来たの？」

「土手の、階段を、上るのが見えたので……ふぅ」

階段からここまで三百メートル以上ある。それはもはや「偶然会った」わけではなく「追いかけてきた」のではないかと思ったが黙っていた。

「店は？」

唯織は尋ねた。夕暮れにはまだ間があるが、そろそろディナーの仕込みの時間ではなかろうか。

「今日は定休日なんです」

「ああ……そうだったな」

渡されたショップカードに『月曜定休』と記されてあったことを思い出した。

そうか今日は月曜か。作家なんてやっているとそもそも曜日の感覚が希薄になりがちだが、近頃はとみにその傾向が強い。

「夏川さんは？　どこかにお出かけですか？」

「いや、ただの散歩」

「よくこのあたりを歩かれるんですか？」

「大体毎日ね」

凱の呼吸が整うのを待って、ふたりでゆっくり歩き出した。

「シェフもよく歩くの？　この道」

「はい。時々ですけど気分転換に。景色いいですよね、この堤防道路」

「うん。本当に」

唯織は歩みを緩め、河川敷を見下ろした。近所の中学校の部活動だろうか、揃《そろ》いの体育着にビブスをつけた子供たちがサッカーの試合をしている。

「あの、夏川さん、この後何か用事とかありますか？」

「いや、特にないけど」

「よかったら少し話しませんか。そこのベンチで」

凱が指さした先を見ると、古びたベンチがひとつ設《しつら》えられていた。

「構わないよ」

唯織が軽く頷くと、凱は安堵したように「よかった」と手を胸に当てた。断られるとでも思ったのだろうか。

ベンチに並んで腰《こし》を下ろすなり、凱は「そうだ」と呟いて斜め掛けにしたバッグをごそごそし出した。

「お茶があったんだ」

凱は、そこからペットボトル入りのお茶を二本取り出した。

「夏川さん、温かいのと冷たいの、どっちがいいですか」

「またずいぶんと用意がいいな」

訝るような口調の唯織に、凱は「た、たまたまです」と視線を逸《そ》らした。

「たまたま、さっき飲みたくなって買ったところなんです」

「たまたま、温かいのと冷たいのを二本？」

「どっちの気分かその時はわからなくて、だからその、とりあえず両方……」

「……両方」

「な、夏川さんの好きな方をどうぞ。俺はどっちでもいいので」

凱が手にしている二本のお茶は、どちらも堤防に上る階段の脇の自販機で売られている。唯織も時々利用するからわかるのだ。唯織の後ろ姿を見つけた凱は、はなから「一緒に飲みませんか」と誘うつもりでお茶を二本購入したのだろう。

――正直にそう言えばいいのに。

変なやつだなと思ったが、それ以上追及することはやめた。「温かい方、もらおうかな」と手を出すと、凱はたちまちその表情を和《やわ》らげ、「どうぞ」と温かいお茶のボトルを差し出した。

走ったせいで喉が渇いていたのだろう、凱はお茶を一気に半分ほど空にした。ごくごくと上下に動く喉仏に、唯織は束《つか》の間《ま》視線を奪われた。

「シェフはいくつなの、年」

拳で口元を拭《ぬぐ》いながら、凱は「二十九です」と答えた。

「夏川さんは？」

「三十一。立派なおっさんだ」

自虐的に笑って見せると、凱は「とんでもない」と目を見開いた。

「夏川さんは全然おっさんじゃないですよ」

あまりに真剣な口調なものだから、唯織は妙に照れくさくなる。

「シェフは料理だけじゃなく、お世辞も上手い」

「お世辞じゃありません。肌《はだ》も髪もつやつやだし、爪の形もきれいで睫毛《まつげ》も長くて、本当に全然年齢を感じないです。三十一には絶対に見えません」

爪の形や睫毛の長さが年齢とどんな関係があるのかよくわからないが、選挙演説のように力強く唯織について語る凱に圧倒され「お、おう、ありがとう」と答えるしかなかった。というか、会うのは三度目なのに、そんなにつぶさに観察されていたとは。

「あの、夏川さんにお願いがあるんですけど」

「なんだ」

「すみません、店以外の場所ではシェフって呼ばれるのはちょっと」

「ああ……それもそうか」

今度は唯織が「すまない」と謝る番だった。唯織自身「先生」と呼ばれるのを嫌い、どの出版社でも「夏川さん」と呼んでもらっている。凱の気持ちはよくわかる。

「なんて呼べばいいかな」

神崎さんか神崎くんが順当だろうと思うのだが、凱という名前にはちょっと惹かれる。

「凱さん？　凱くん？」

「凱くんだと、一哉に呼ばれているみたいなので」

ウエイターの今瀬《いませ》一哉は都内の大学に通う三年生で、凱の母方の従弟《いとこ》なのだという。単なるシェフとウエイターにしてはずいぶんと打ち解けているなと感じていた唯織は、それを聞いて納得した。

「年下なんで、呼び捨てでいいです」

「じゃあ……凱？」

凱は嬉しそうに「はいっ」と頷いた。先生に指された小学生みたいな返事だった。

「俺も、唯織さんって呼ばせてもらっていいですか」

「もちろん」

「ありがとうございます。えっと、唯織さん……」

大きな手のひらの中で、凱はもじもじとペットボトルを弄《いじ》り回している。

――なんだこの、ベッタベタの会話は。

できの悪い恋愛小説のようで、背中が痒《かゆ》くなりそうだ。けれど彼が初めて口にした「唯織さん」は思いのほか耳に心地よく、唯織は誰かに名前で呼ばれるのは久々だと気づいた。そもそも仕事関係の人間以外と、ちゃんと会話をすること自体が久しぶりだった。

互いのことはほぼ何も知らないふたりだったが、不思議と会話が途切れることはなかった。

凱はおよそ四年前、前職を辞めて単身パリに渡った。子供の頃からの夢だったフレンチの料理人になるためだ。右も左もわからない状態で、それでもなんとか市内のレストランで働き始めた。皿洗いから始まったそれは、まさに「修業」と呼ぶにふさわしく、今思い出しても辛くなるようなエピソードが満載なのだと凱は語った。それでもへこたれなかったのは、自分の店を持ちたいという強い思いがあったからだという。

「半年前に帰国して自分の店をオープンできた時は、本当に感無量でした」

「夢が叶《かな》ったってわけだ」

「ええ。小さい頃から料理が大好きで、暇さえあればキッチンでフライパンを振ってましたから」

「へえ」

すらりとした長身に、ほどよく付いた筋肉。人も羨むような体軀なのだから、学生時代は何かスポーツでもやっていたに違いないと、唯織は勝手に想像していた。

「なんでそんなに料理が好きだったんだ」

「祖母の影響だと思います」

「お祖母《ばあ》さんの？」

「父方の祖母が結構なフランス通で、簡単なフレンチをよく作ってくれたんですけど、子供の頃それを傍で見ているのがすごく楽しくて」

キッチンで料理をする祖母と、傍らでそれを覗《のぞ》き込む小さな凱。ほのぼのとした光景が目に浮かび、唯織は思わず口元を緩めた。

「なるほど。『GAI』のルーツはお祖母さんの料理ってことか」

「はい。凱っていう名前も、祖母がつけてくれたんです」

「凱旋門の凱か」

ええ、と凱は頷く。

「いい名前だな。小説の主人公に使えそう――」

言いかけて口を噤《つぐ》んだ。作家であることは、もうバレているのに。

「初めて店にいらっしゃった日、一哉がこっそり教えてくれたんです。すごい作家さんなんだって。めちゃくちゃ人気のある作家さんだって。俺、実は小説をほとんど読まなくて、唯織さんの名前も本もまったく知らなくて……すみませんでした」

『夏川唯織を知らないなんて、ホント凱くん、筋金入りの料理バカだね』

そう言って一哉に呆《あき》れられたと、凱は恐縮したように頭を掻《か》いた。

「別にすまなくない。あと『すごい』は盛りすぎだ」

「そんなこと――」

「すごくなんかないんだよ、おれは」

意図せず口調が強くなってしまった。凱は何か言いかけたが、そのまま呑み込んだ。

読書家、小説好き、ミステリーマニア。そういった人々の中では、唯織の名前は確かにちょっと知られている。しかしそういった人々はほんのひと握りだ。唯織だって日本中のありとあらゆるジャンルの作家の名前が、すべて頭に入っているわけではない。子供の頃から料理一辺倒だった凱がミステリー作家の名前を知らなくても当然のことなのだ。

デビュー作が小説賞にノミネートされたのは九年前、唯織が大学四年生の時だった。二十二歳という若い作家の登場に、いくつかの雑誌からインタビューのオファーがあった。

『本を売るためには、使える武器は使いましょう。夏川さんのルックスは大きな武器です』

メディアに顔を晒《さら》すことは躊躇《ためら》われたが、新人だった唯織が、お世話になっている編集部の方針に逆らえるわけもなかった。学生時代『アメショ』と揶揄《やゆ》されたルックスが文学とはまったく関わりのない女性ファッション誌に掲載されるや、ネットはざわつき、出版社にはたくさんのファンレターが舞い込み、デビュー作には重版がかかった。

その四年後、七冊目の書下ろし長編小説が、『この推理小説が最高！』というランキングで年間一位に輝いた。またしてもインタビューのオファーが殺到し、様々な雑誌に顔写真が載った。

記事にはもれなく〝俳優顔負けのイケメン小説家〟〝美しきミステリー作家〟などと小説の内容とは無関係のタイトルが打たれた。テレビ番組に出演してほしいという依頼もあったが、それだけは勘弁してほしいと編集部に泣きを入れ、どうにか断ってもらった。

担当編集者は残念そうだったが、頑《かたく》なに断り続けてよかったと今も思っている。そうでなければこんなふうに素顔のまま、気軽に散歩に出かけることもできなかっただろう。

ともあれ執筆活動は順調だったのだ。ほんの一年半前までは。

本当なら今頃は各出版社と、来年のデビュー十周年に向けて打ち合わせをしているはずだったのに、何をどう間違えたのか、河原のベンチに腰掛け、ペットボトルのお茶なんか飲んだりしている。

——ああ、また気持ちが沈む。

いけないとわかっていても、日に何度かセルフネガティブキャンペーンが開催されそうになる。止めなければと焦り始めたその時だ。

「あの」

凱が遠慮がちに声を発した。唯織はゆっくりと振り向く。

「どうした」

「俺、別に唯織さんが有名な作家さんだからお近づきになりたいとか、そういう下心で、慌ててお茶を買って追いかけたわけじゃないですからね」

一瞬、何を言われたのかわからず、唯織は「は？」と目を瞬かせた。

「この間唯織さん、オニオングラタンスープの味を褒めてくれましたよね。今まで食べた中で一番の味だったって」

「お世辞じゃないぞ。今まで食べたオニオングラタンスープの中で、間違いなく一番美味しかった。ダントツのぶっちぎりだ」

凱は照れたように鼻の頭を掻き「ありがとうございます」と頷いた。

「俺、本当に嬉しかったんです。だからもう一度ちゃんとお礼を言いたくて」

だから追いかけて、声をかけたのだと凱は言った。

「けど、毎日誰かに言われるだろう。美味しいですね、最高ですねって」

都心の高級店に、勝るとも劣らないクオリティーなのだ。日々賞賛の言葉を浴びているはずだろうと思ったのだが、凱は静かに首を振った。

「もちろんみなさん帰り際に『美味しかった』っておっしゃってくださいます。とても光栄です。でも」

凱は居住まいを正し、視線を唯織に向けた。

「唯織さんの『美味しかった』は、どうしてなのかわからないんですけど、俺のここに、ブッスリと刺さったんです」

そう言って凱は、自分の左胸に右の手のひらを宛がった。

「ブッスリと……」

「はい。ブッスリと刺さったまま、まだ抜けていません」

「………」

凱は真顔だった。珍妙な表現で唯織を笑わせようとしているわけではなさそうだ。理由はわからないが、唯織に褒められたことが特別に嬉しかった。そう言いたいのだろう。

――というか、慌ててお茶を買って追いかけたって、自分でバラしちゃってるよ。お茶を持っていたのはたまたまだと、さっきは言っていなかったか。

――こいつ、バカなのか。

唯織は思わずプッと噴き出してしまった。

「えっ、なんか可笑しいこと言いましたか、俺」

「いや」

「でも、笑ってますよね」

「笑ってない」

首を左右に振りながら、唯織はひっそりと腹筋を震わせた。凱はちょっと怪訝《けげん》そうに首を傾げたが、すぐに「まあ、いいですけど」と肩を竦《すく》め、お茶のボトルを口にした。

――ほんと、変なやつ。

女性客にサインを求められた時の胸のざわつきを、凱は厨房から見抜いた。超能力者もびっくりの神通力の持ち主かと思えば、ついたうそを自らうっかりバラしてしまい、挙句バラしたことにも気づかない。鋭いのか鈍いのか、天才なのかアホなのか。

気づけばセルフネガティブキャンペーンののぼりは、跡形もなく片づけられていた。

「あぁ、惜しい」

凱が呟いた。数十メートル先のグランドを、中学生たちが元気に走り回っている。オレンジのビブスの十番が放ったシュートはゴールポストに嫌われた。

「いいシュートだったのに」

「コースは完璧だったな」

唯織も同意した。何対何でどちらのチームが勝っているのかはわからないが、オレンジの十番の動きはとてもいい。

「利き足じゃなかったみたいだな」

「わかるんですか？」

「おれ、こう見えても中高とサッカー部」

「本当ですか？」

「意外か？」

「ええ、ちょっと」

よほど驚いたのか、凱は声を裏返した。

「日々図書館に通う、深窓の美少年を想像していました」

「大体みんな似たような反応をする。でも残念ながら子供時代のおれは、真っ黒に日焼けしたサッカー小僧だった」

「ポジションはどこだったんですか」

「トップ。点取り屋だ」

華奢《きゃしゃ》で小柄だったが足は速かった。生意気で、負けん気が強そうな顔をして、事実気が強かった。キャプテンをやるような器ではなく、とにかく自分のシュートで点を取ることが、楽しくて仕方がなかった。

ピピーッ、と審判の笛が鳴る。十番がファウルをしたのだ。なかなか点が取れないことに苛立《いらだ》っているのが遠目にもわかった。不意に、中学時代の苦い記憶が蘇る。

「中二の時だったかな。練習試合で、相手選手に怪我《けが》をさせてしまったことがあったんだ」

正面を向いていた凱がゆっくりとこちらを振り向いた。

オレンジの十番と同じように何度もゴールポストに嫌われ、唯織は焦っていた。次第にプレーがラフになり、ベンチの声も聞こえなくなっていた。しまった足を上げすぎたと思った時には、目の前で相手選手が倒れていた。彼が鼻血を出していることに気づき、全身から血の気が引いた。

「幸い鼻血はすぐに止まって、その子はそのままプレーを続けることができたんだけど」

プレーを続行できなかったのは唯織の方だった。引っ込んだベンチの片隅でずっと震えていた。その日だけでなく、次の試合もその次の試合も唯織は先発メンバーから外れた。監督にそうしろと言われたのではない。唯織の精神が試合に出られる状態ではなかったのだ。

「自分のラフプレーで出血させてしまったことがすごくショックでさ。軽いイップス状態っていうのかな。しばらくボールを蹴ることが怖かった」

鼻血を出した相手選手もチームメイトも、口々に『気にするな』と言ってくれた。必死にプレーをする中で起きたことなのだからと。しかしみんなの励ましも虚しく、唯織は二ヶ月もの間ボールを蹴ることができなかった。

「つくづく自分は心の弱い人間なんだなと思った。将来は絶対にワールドカップに出てやるって息巻いてたけど、とても無理だと思った」

そうだ。あの頃から自分にはそういう脆《もろ》い一面があった。

表面では強がっていても、内側から崩れていくような感覚。

――だから今度のことだって……。

「唯織さんは弱いんじゃなくて、繊細なんですよ」

「同じだろ」

「違いますよ、全然」

凱の真剣な瞳が、唯織を真《ま》っ直《す》ぐに見つめていた。

「何ヶ月かかろうと、何年かかろうと、ちゃんとまたサッカーができるようになった。それは唯織さんが辛い現実から目を逸らさなかったからです。起きてしまったことを認めて、反省して、もう一度立ち上がる。そういう心の再構築みたいなことが、中学生の唯織さんにはちゃんとできた。それって立派なことだと思います」

淡々とした口調だったが、なぜか妙に胸に染みた。心の芯がじんわりと温かくなっていく感覚は、熱々のオニオングラタンスープを食べた時のそれとよく似ていた。

「繊細とか、言われたことないし、思ったこともない」

「自分で『おれって繊細なんだ』とか言う人は、大体繊細じゃないです」

「そんなもんなのかな」

「そんなもんです。多分」

顔を見合わせて、どちらからともなく笑った。

そっか、立派だったのか。あの頃の自分に聞かせてやりたいなと思った。

高校一年生の時、膝のじん帯に怪我を負い手術を余儀なくされた。結局ワールドカップに出る夢は遠のいてしまったが、入院中、暇に任せて読み始めたミステリー小説にドはまりしたことがきっかけで現在に至るのだから、人生とはわからないものだ。

グラウンドで歓声が上がった。オレンジの十番がついにシュートを決めた。「ナイッシュ」と凱が小さく呟いた。その声と瞳の優しさに、唯織はひと時見惚れる。

「唯織さんは弱くなんかない。本当に弱い人間は、逃げますから」

凱は空を見上げ、ふうっとひとつため息をついた。

「俺は……逃げました」

何から逃げたんだ？　そう尋ねようとして唯織はドキリとした。柔らかかった凱の横顔が、夕立の前のように俄《にわ》かに曇っていたからだ。

もしかすると四年前、料理人になるために前職を辞めたことだろうか。

唯織には想像することしかできなかった。

「あ、すみません、変なこと言って」

「……いや」

「中学とか高校の運動部って、休日も練習試合とかで結構大変だったんじゃないですか？」

重くなりかけた空気を変えるように、凱はことさら明るい声で尋ねた。

「ああ。本人たちは好きでやってるからいいけど、親や先生は大変だったろうな。まあおれん家の親はほとんど応援には来られなかったけどさ」

夏川家は母子家庭だった。父親は唯織が物心つく前に病気で亡くなった。けれど元来明るく前向きな気性の母のおかげで、ひとり息子《むすこ》の唯織は必要以上の寂しさを感じたり、卑屈になったりすることなく育った。

ただ経済的に決して楽でないことは、子供心にも感じていた。平日働きづめの母を少しでも休ませてやりたくて、休日の練習試合の日程などはわざと教えなかった。

「母子家庭じゃなかったけど、俺も似たような感じでした。両親共働きでふたりとももものすごく忙しかったから、祖母のところに預けられることが多かったです」

可愛《かわい》い孫のために、祖母はせっせと得意のフレンチを作って食べさせてくれたのだという。天才シェフ・神崎凱のルーツが見えた気がした。

「でも大体兄と一緒だったから、そんなに寂しくはなかったかな」

「お兄さんがいるのか」

「いた……ですね、正確には」

一瞬の間の後、凱は「亡くなったので」と言った。

「俺が高二の時でした。病気で」

「そうだったのか……」

唯織は父親の顔を覚えていない。会うたびに母は『唯織は年々お父さんに似てくるわね』と嬉しそうに笑うが、褪《あ》せた写真の中の父しか知らない唯織には実感がない。父もサッカー好きだったと聞かされても、今ひとつピンとこない。

せめてはっきりと記憶に残る年齢まで生きていてほしかったと思う。一度でいいから一緒にサッカーをしたかった。けれど反面、幸せな思い出をたくさん残して死なれたら、それはそれで辛いのではないかとも思う。

高校二年生まで一緒に育った兄を病気で亡くす。その悲しみがどれほどのものか、唯織には想像もつかない。

——いろいろ抱えてるんだな、凱も。

淡いシンパシーを感じたところで、唯織は「さて」とベンチから立ち上がった。もらったお茶もちょうどなくなった。

「そろそろ戻るよ」

凱は腕時計に視線を落とすと「わっ」と慌てたように立ち上がった。

「すみません、すっかりお引き止めしてしまって。散歩の邪魔をしてしまいました」

「散歩だけが気分転換の方法じゃないさ」

弾む会話に時間を忘れていたのは唯織も同じだ。

「楽しかったよ」

素直な気持ちを告げると、凱は驚いたように大きく目を見開いて「俺も楽しかったです」と白い歯を見せた。はにかんだような笑顔は、やっぱり年下のそれだ。

「あの、唯織さん」

とっとと歩き始めた唯織を、後ろから凱が呼んだ。

「もし……もしご迷惑でなかったら、試作品を食べていただけたらと」

「試作品？」

はい、と凱は頷いた。聞けばここ数日、新しいデセールの試作に勤しんでいるのだという。

「試行錯誤しているんですけど、なかなか『これだ！』っていうのができなくて」

今日もこれから店に戻り、デセールを試作するのだという。

「唯織さんのご意見をぜひ聞かせてほしいです。あ、無理だったら無理って正直に言ってくださいね。きっとお忙しいと思いま――」

「別に構わないよ」

被《かぶ》せるように答えると、凱はパッと破顔した。

「本当ですか？」

「こんなところでうそ言ってどうするんだ。『BISTRO・GAI』のデセールをひと足早く食えるなんて美味しい役目、断る理由がないだろ」

苦笑交じりの承諾に、凱は「ありがとうございます」と嬉しそうに、本当に嬉しそうに頬を染めた。

「張り切って作ります」

「楽しみにしている」

「出来上がったら連絡しますね」

連絡先を交換する間、凱は緊張と喜びを全身から溢《あふ》れさせていて、傍で見ている唯織の方が恥ずかしくなるほどだった。

――わかりやすいやつ。

こんな態度をされて何も気づかない人間は、相当鈍感だ。どうやら凱は、唯織に対して好意を抱いているようだ。どういう類《たぐい》の好意なのかはわからないが、知ろうとは思わない。あえて尋ねるつもりもない。

凱とならいい友人関係が築けそうだ。知り合って間もないが、唯織のそういった予感は割合確かだ。仕事にかける情熱も、素直で思いやりのある人となりも好ましいと思う。

――ただ……。

心の一線を越えようとする気配を感じたら、さりげなく身を翻すつもりだ。

唯織は決めているのだ。もう恋はしないと。


およそ一年半前、唯織は二年間付き合った恋人と別れた。相手は七つ年上の実力派ミステリー作家・真柴《ましば》恭介《きょうすけ》だ。デビュー直後からありとあらゆる小説賞で大賞に輝き、出す作品はほぼ間違いなく映画化、あるいはドラマ化されている。小説に馴染みのない人の間にも、真柴恭介の名前は浸透している。

おまけにルックスも抜群ときているのだから、人気が出ないわけがない。ダンディな色香を纏《まと》う長身の美男子は、大方の想像通り男女を問わず大層モテる。モテまくっている。それはもう、罪なほどに。

静かなバーの片隅でウォッカのグラスを傾ける恭介を、唯織に紹介してくれたのはとある出版社の編集者だった。無造作に髪を掻き上げる長い指も、うっすらと生えた無精髭《ぶしょうひげ》も、すべてが計算づくなのではと感じるほど、彼を引き立てていた。

『きみの新作読んだよ。とても面白かった。俺ほどじゃないけどね』

おちゃめな口調でにやりと笑った恭介に、唯織は多分その場で落ちていたのだと思う。『今度はふたりで会おう』と耳元で囁《ささや》かれ、三度目のデートでホテルに誘われた。

雲の上の存在だった恭介が自分を抱いてくれた。恋人にしてくれた。

しばらくの間は、夢を見ているようだった。

大人《おとな》の男の魅力をこれでもかと振りまく恭介。それまで付き合った同世代の恋人たちとは何から何まで違った。唯織は初めて経験する大人の恋にすっかり溺れていた。

恭介が恋愛に関してかなり奔放な男だと気づくのに、それほど時間はかからなかった。恋人関係になって三ヶ月もしないうちに、唯織は自分以外の誰かの影を感じるようになっていた。もしかして、いやきっと間違いない、でも……。

様々な形の疑惑が浮かんでは消え、また浮かんだ。しかしそれを恭介に突きつけることはできなかった。認められることが怖かったのだ。

ただ口には出さなくても、唯織が不安を覚えていることに、恭介は気づいていた。

『唯織は本当に可愛いな。きっと一生離れられない』

『唯織のことばかり考えて、原稿がさっぱり進まない。弱ったな』

歯の浮くような台詞を臆面もなく口にできるのも色男の特権だ。まんまと煙《けむ》に巻かれてベッドに押し倒されるたび、それを望んでいるのは自分だと思い知らされた。藪《やぶ》を突かなければ蛇に出合うことはない。出合わなければ存在しないのと同じだ。そう自分に言い聞かせた。

そんな関係が一年と数ヶ月続いたある日のことだった。唯織の元に大学時代の友人から連絡があった。彼・葉山涼《はやまりょう》は同じミステリーサークルの仲間で、小説の好みが似ていたことから比較的親しくしていた。

卒業後、彼が就職したのは数年ごとに転勤のある会社で、ここ五年ほど札幌の支店にいたのだが、ひと月ほど前に東京に戻ってきた。久しぶりに会わないかという連絡だった。

『俺なんかと会ってくれないいんじゃないかと思ったよ、夏川先生』

およそ七年ぶりに会う涼は、そう言って唯織をからかった。

『先生って呼ぶなら帰るぞ』

唯織が半ば本気で睨《にら》むと、彼は『そういうとこ変わってないな。安心した』とクスクス笑った。そっちこそ変わらないなと、唯織は心の中で呟いた。

実はサッカー小僧だった唯織と違い、涼は根っからの文学青年だった。名前通りの涼やかな瞳と静かな佇《たたず》まいが、中性的でミステリアスな雰囲気を放っていた。

旧交を温めているところに、恭介が現れたのはまったくの偶然だったが、唯織はさほど驚かなかった。そこは恭介ともしばしば訪れるバーだったからだ。言葉を失くすほど驚愕したのは涼だった。ミステリー好きにとって、恭介は殿上人だ。坊主頭の野球少年の前にいきなりオオタニサンが現れたようなものだ。

せっかくだから三人で飲もうということになった。それ自体は自然な流れだった。しかしバーの小さなテーブル席で、向かい側の涼をじっと見つめる恭介の視線に、嫌な予感がした。恭介の好みのタイプは嫌というほど知っている。

自分の直感に間違いがなかったと気づくのに、時間はかからなかった。ある夜、恭介の身体から覚えのある匂いがした。涼が好んでつけているトワレの匂いだった。

またいつもの悪い癖だ。どうせそのうち終わる。見て見ぬふりをしようとしたのだが、さすがに相手が自分の友人となると、今までのようにドライに割り切ることはできなかった。

涼のSNSには、恭介の行きつけの店が頻出し、『尊敬する人と過ごす最高の時間』などとコメントを付けた匂わせ写真までアップされるようになった。それを日々チェックしては眉《み》間《けん》に皺《しわ》を寄せている自分が、とてつもなく嫌な人間に思えてきた。

限界は唐突に訪れた。恭介が携えてきた手土産《てみやげ》のスイーツが、数時間前に涼のSNSにアップされていたそれだったからだ。

ゼリーやケーキの入った箱を、無言でゴミ箱に放り込んだ唯織に、恭介は固まった。

『ふざけないでください！　おれが何も気づいていないと思ってるんですか！』

『落ち着け、唯織。一体どうしたっていうんだ』

『どうしたって……』

声が震えた。拳も。

『涼とのことです。おれが知らないとでも？』

しかし絞り出すように告げたその名前に、恭介が取り乱すことはなかった。

『ああ、彼ね。俺のファンだっていうから、ちょっと』

『ちょっと、なんですか』

射るように睨みつける唯織に、恭介は苦笑交じりに肩を竦めた。

『悪かったよ。もう会わないから機嫌直してくれよ』

開き直るその態度が気に入らない。まるで演歌だと思ったら、情けなくて怒りが倍増した。

『涼だけじゃないですよね』

疑わしい相手は、作家や出版関係者に留《とど》まらなかった。バーテンダー、タレント、俳優、果ては胃痛で訪れた病院の医師まで。

怒りに任せて浮気相手を列挙するのを、驚いたことに恭介は頷きながら聞いていた。

『よくそこまで調べたな』

感心したよと微笑まれ、足からカクンと力が抜けた。

『認めるんですね』

『こんなに愛されていたなんて、俺は幸せ者――』

『ふざけんな！』

バン、と唯織はテーブルを叩《たた》いた。大きな音に、恭介は身を竦ませる。

『あなたにとっておれがなんなのか、よーくわかりました。都合のいい時に抱かせてくれる、ただの便利な相手だったんですね』

こんな台詞を口にするのが嫌だったから、度重なる浮気にも目を瞑《つぶ》ってきたのに。悲しみより惨めさで涙が出そうになった。

『何を言っているんだ、唯織。俺の恋人はお前ひとりだけだ』

真顔でそんなことを言う恭介に、唯織は口をポカンと開けた。怒りを通り越し、呆れの境地に到達した瞬間だった。

『俺の本命は、誰がなんと言おうと唯織、お前しかいない』

『だったらどうして……』

『他はすべて遊びだ。いちいち言わなくても、お前だってわかっているだろ』

『わかりません！』

わかってたまるかと、唯織は恭介を睨み上げる。困ったように眉尻《まゆじり》を下げる恭介を、ぶん殴らなかった自分を褒めてやりたい。

『限界です。終わりにしましょう』

心に吹き荒れる嵐を封印し、唯織は静かに告げた。

『今のままじゃダメなのか』

浮気はやめない。でも別れたくない。

自分が何を言っているのか、この人はわかっているのだろうか。唯織は静かに首を振った。

わかった、浮気はもうしない。誓うよ。もし恭介がそう約束してくれるなら――。過った思いに、唯織はいや、と苦い嗤《わら》いを浮かべる。真柴恭介という男は、できない約束はしない。

以前にどこかのインタビュー記事で読んだ、恭介の言葉を不意に思い出した。

『恋ならいつもしています。仕事の糧ですから』

本命だろうが遊び相手だろうが、結局のところ彼にとっては等しく糧なのだ。

『今まで楽しかったです』

『唯織……』

『さようなら』

恭介はもう言い返すことなく、玄関を出ていった。いつもより少しだけ小さく見える背中を、唯織は黙って見送った。

ひとりになった部屋で、どれくらいの時間立ち尽くしていただろう。

ふと強烈なデジャビュに見舞われた。

――この展開、まるで……。

浮気性の恋人。親しかった友人。行きつけのバー。偶然の出会い。そして。

それは前年に唯織が書いた小説の内容と、あまりにも酷似していた。

主人公は友人のSNSを執拗にチェックし、恋人の浮気を確信していく中で、次第に心を病んでいく。知らず知らずのうちに、自分が作り出した小説の登場人物と同じ行動をしていたのだ。しかも主人公は自分を捨てた恋人と友人を次々に殺害し、最後は自死するのだ。

――こんなことって……。

唯織はへなへなとその場にしゃがみ込んだ。脳の奥がジンジンと痺《しび》れていた。

――さすがに……笑えない。

その日以来、まったく小説が書けなくなった。

凱からデセールの試作品ができたと連絡があったのは、一週間後のことだった。その日は午後から鮎原《あゆはら》書店の担当編集者と打ち合わせの予定があったので、夕方『GAI』を訪れる約束をした。

鮎原書店は、デビュー以来唯織の本を一番多く出してくれている出版社だ。昨夜、担当編集者の宍戸《ししど》から連絡があり、今日会うことになったのだ。先週プロットをひとつ預けてあったので、おそらくその返事だろう。唯織は少し緊張気味に鮎原書店を訪ねた。

「ご足労いただいてすみません」

そちらに伺《うかが》いますよと宍戸は言ってくれたのだが、唯織はこちらから出向くと答えた。

「一日中部屋でパソコンに向かっていると、無性に娑婆《しゃば》の空気が吸いたくなるんです」

冗談めかして笑ってみせたが、半ば本音だった。

応接セットに向かい合って腰を下ろすなり、宍戸は前のめりになって「夏川さん」と切り出した。表情が明るい。お、ついにプロットが通ったかと期待を抱いた唯織だが、宍戸が口にしたのは予想もしないことだった。

「テレビに出てみませんか。バラエティー」

「えっ？」

「一昨日、知り合いのプロデューサーと会う機会があったんですけど、その時打診されたんです。軽めのトーク番組なんですけど、一度出てみませんか」

膨らみかけた希望が、しゅるしゅると情けない音を立ててしぼんでいく。

「テレビはちょっと……」

『本を売るためには、使える武器は使いましょう。夏川さんのルックスは大きな武器です』

デビューしたての頃、メディアに顔を出すことを渋る唯織の背中を押したのは、他でもない宍戸だった。今でこそ中堅と呼ばれるようになった唯織だが、デビュー当時はまだ学生で、十歳も二十歳も年上の編集者との打ち合わせは、緊張の連続だった。そんな中にあってわりあい年の近い（それでも五つ上なのだが）宍戸とは、ざっくばらんな彼の性格のおかげもあり、比較的フランクな関係を築くことができた。

「メディアが苦手なのは重々承知しています。でも……」

普段はポンポンと弾むような物言いの彼が、珍しく言い淀《よど》んだ。

「これ、未確認の情報なんですけど、どうやら女性週刊誌の記者がこそこそと動いているみたいなんです」

「……週刊誌」

「夏川さんの『充電』の本当の理由は何かって」

唯織は無言で息を呑んだ。一瞬、応接室の電気が暗くなった気がした。

「人も羨むほど順調だった人気作家が、一年半もの間よくわからない理由で休業している。単なる充電ではないいんじゃないのか――。記者たちがそう話しているのを、私の知り合いが耳にしたそうです」

「それじゃ、もしかして……」

唯織の脳裏に過った不安を察したのだろう、宍戸は「大丈夫です」と微笑んだ。

「健康面に何か問題が生じたんじゃないだろうかと、連中は勘繰っているようです」

何を隠そう、唯織に恭介を紹介してくれたのがこの宍戸だった。ふたりが特別な関係になったことも、恭介の度重なる浮気が原因で別れたことも、宍戸はすべて承知している。はっきりと告げたわけではないが、この一年半唯織がひどいスランプに陥っている理由についても、察しはついているはずだ。

恭介との過去を恥じてはいない。けれどだからといって極めてプライベートなことを、女性週刊誌の記者にあれこれと探られ、あまつさえ記事になどされてはたまらない。

「でもトーク番組なんて……何をしゃべったらいいのか」

「なんだっていいんですよ。最近嵌《はま》っていることとか」

「嵌っていること……」

散歩くらいしか思いつかない。

「ちょっと興味があること、程度でいいんですよ。もりもり盛っちゃっていいんです。大事なのは『元気に楽しく充電中ですよ』『次作への意欲を失くしたわけじゃないんですよ』って、ファンと世間へアピールすることなんですから」

「アピール……」

「ここはひとつ時間稼ぎだと思って割り切ってみませんか。嵌っている趣味がないなら猫でも飼ってみたらどうでしょう。ペットの話題は無難だし盛り上がります」

冗談で言っているのかと思ったがそうではないらしい。過去一番と言っていいほどの真剣な眼差《まなざ》しで、宍戸が唯織を見つめた。

「夏川さんが次作への意欲を失くしたとは思っていません。必ず以前のように、いえ、今までで最高の、俺たちがあっと驚くような傑作をいつか書いてくれると俺は信じています」

本音を話す時、宍戸は「私」が「俺」になる。

「だからこそ、余計な勘繰りをする輩《やから》を一蹴するための目眩《めくら》ましとして、テレビに出るのは有効な手なんじゃないかと俺は思うんです」

「………」

「さすがにこれ以上この状態が続くのは、やっぱり……」

読者に忘れられてしまう。

宍戸が呑み込んだ言葉は、落ちた沈黙の中で痛いほど伝わってきた。

少し考えさせてほしいと言い残し、編集部を後にした。預けてあったプロットの話は、とうとう最後まで出なかった。

重々わかっているつもりではあったが、どうやら自分が置かれた事態は、想像しているよりずっと深刻らしい。唯織のメディア嫌いを誰より理解してくれていたはずの宍戸が、あんな顔でテレビ出演を勧めてくるのだから、逃げを打っている場合ではないのだろう。

本業そっちのけでテレビ番組に出演している作家がいることは知っている。クイズ番組の回答者だったり情報番組のパネラーだったり。一度グルメ番組でレポーターまがいのことをしている先輩作家を観て驚愕したことがあった。一緒に出演していたお笑い芸人よりよほど饒舌《じょうぜつ》で、信じられないほど笑いを取っていたからだ。

メディアには出なくても、SNSなどで積極的にプライベートを公開している同業者は少なくない。いい作品を書けば必ず売れるわけではないことくらい唯織だってわかっている。出版業界全体が、かつてないほどの苦境に立たされていることも。

だからこそ唯織も昨年、遅ればせながらSNSを始めた。しかしプロットすら通らない状況で、一体何を呟けというのか。晴れて新刊の執筆に取りかかることができた日には大々的に宣伝しようと思っているのだが、そんな日が本当に来るのかも、今は疑わしい。

――テレビかぁ……。

エレベーターに乗り込んだ途端、唯織ははぁぁ、と深いため息をついた。

小説家の仕事は小説を書くことだ。そして決して顔で書くわけではない。そう思ってこの九年間、作品を綴《つづ》り続けてきたけれど、どうやらそんなきれいごとばかり言っていられないところまで来てしまったのかもしれない。

エレベーターの扉が開く。正面玄関に向かって俯《うつむ》きがちにとぼとぼと歩いていた唯織は、背後から近づいてくる女性に気づくのが遅れた。

「唯織くんっ」

ポン、と背中を叩かれ、驚いて振り返った。

「久しぶり」

「ああ……涼音《すずね》さんか。びっくりした」

「ごめん、ごめん」

長い髪をひとつに束ねたパンツスーツ姿の女性が、にっこりと微笑んでいた。

彼女・箕浦《みのうら》涼音はエッセイストだ。数年前、鮎原書店主催のパーティーで知り合った。同い年の気軽さもあり、それ以来親交を持っている。

「宍戸さんのところに？」

「うん。涼音さんは？」

「私はゲラを取りに」

涼音は手にしたA4サイズの封筒を掲げた。ここ数年、彼女が食べ歩きエッセイを連載しているグルメ雑誌の名前が記されていた。

「郵送してもらうつもりだったんだけど、近くに来たついでにもらってきちゃった」

「そうだったんだ」

「そっちは打ち合わせ？」

「まあ……そんなところ」

一瞬空いた間の意味を、涼音は問わなかった。あらためて話したことはないが、唯織が陥っている状況はとっくに察しているのだ。

サバサバしているように見えて、実は細やかな気配りができる涼音は、ここから先は踏み込むべきでないというラインを心得ている。彼女のそんな人柄が心地よくて、時々会って食

事をする仲が続いている。

「あ、先月のエッセイ読んだよ」

「おお、ありがとう。どうだった？」

涼音が意味ありげにニヤリと口角を上げた。

彼女が『おいしいニューフェイス』というタイトルでエッセイの連載を始めて二年になる。毎月都内近郊に新しくできたレストランを紹介するのだが、料理のジャンルを選ばない体当たりのレポと軽快な文章が相まって、今では雑誌一番の人気コーナーとなっている。

「あれ、本当に全部食べたの？」

唯織が恐る恐る問いかけたのには理由がある。先月涼音が訪問した店は、ちょっとばかり珍しいメニューを出す中華料理店だったからだ。彼女が挑戦した料理といえば「サソリの唐揚げ」「カエルの姿煮」「豚の脳みそ炒め」と、どれもこれもキワモノばかりだった。

「もちろん食べたわよ。食べなきゃ記事書けないじゃない」

さらりと言ってのける度量が羨ましい。そしてそれらを「想像の百倍美味しい」と評することのできる味覚にも憧れる。

「一番美味しかったのは『牛のペニスのカレー風味』かなあ」

「ペニス……ははは」

あれもういっぺん食べたいわぁ、とうっとりする涼音に、股間がきゅんっとなる。

「とはいえ夏からこっち、体当たり系が続いているでしょ」

「うん。確かに」

先々月取材したラーメン店では、確かコオロギ入りラーメンを食べていた。

「そのうち珍獣ハンターになっちゃわないかって、心配なのよね」

「すでに片足突っ込んでる感はあるな」

「でしょ？　だからここらでちょっと王道に舵《かじ》を切りたいなあと思っているの」

「王道？」

「うん。知る人ぞ知る本格フレンチとか、ないかな。唯織くん、どっか知らない？」

――本格フレンチ……。

脳裏に、フライパンを振る凱の広い背中が浮かんだ。


涼音と話したことでいくらかガスが抜けたものの、どんよりとした気分は変わらなかった。

何度となくため息をつきながら『GAI』に辿《たど》り着いた頃には、日は西にすっかり傾いていた。

『CLOSED』の札のかかった扉を開くと、中から凱が飛んで出てきた。

「いらっしゃいませ。お待ちしていました」

「悪い、ちょっと遅くなった」

「いえ。こちらこそ、ご足労いただいてすみません」

奇《く》しくも宍戸と同じ台詞を口にした凱だが、その表情はまったく違っていた。どこか苦いものを湛えていた宍戸に対し、凱は生き生きと瞳を輝かせている。そんな些細なことが意味もなく嬉しくて、唯織は肩の力が抜けていくのを感じた。

早速涼音の話を伝えると、凱は「願ってもないことです」と取材を快諾してくれた。唯織はその場で涼音にメッセージを送った。彼女も大喜びしてくれた。【これで珍獣ハンターにならずに済みそう】という返信に、ちょっと笑ってしまった。

「お好きな席にどうぞ」

定休日のこの日、ホールにはひとりの客もいない。「それじゃ」と唯織はカウンター席を選んだ。スツールに腰を下ろすなり、唯織は鼻をすんすんさせた。店内には、デセールのものらしき甘酸っぱい匂いが漂っていた。

「いい匂いだな」

「なんだと思います？」

冷蔵庫に手をかけた凱が、肩越しに尋ねた。

「うーん……ぶどう？」

「さすが、正解です」

凱は笑顔で冷蔵庫から皿をいくつか取り出した。

「三種類ほど試作してみました。唯織さんのお口に合うのがあるといいんですけど」

凱はそう言って、三つのデセールを唯織の前に並べた。

「うわあ」

思わず子供みたいな感嘆の声が漏れた。どの皿のデセールも、まるで美しい宝石をふんだんにちりばめたアクセサリーのように、キラキラと輝いていたからだ。どれもこれも美味しそうで、早くも口の中に唾《つば》が溢れてきたのだが。

「もしかしてこれ、全部……」

「はい。ぶどうです」

にっこりと頷く凱を、唯織はぽかんと見上げた。

「どうして全部ぶどう――あ」

凱が答える前に自らが気づいた。デビュー当時に何度か受けたインタビューで、唯織は「好きな食べ物はぶどう」と答えていた。

「どうせなら、唯織さんのお好きなものをメインにしようと思いまして」

「それでぶどう縛り……」

「今もお好きなんですよね、ぶどう」

唯織は「うん」と頷いた。サッカー少年だった頃、おやつの果物と言えばバナナだった。試合の合間に食べるのもバナナ。唯織以外の子供たちもそうだった。特段バナナ好きが多かったわけではなく、単に効率よくエネルギーをチャージするためだったのだろう。

そんなバナナ少年の元にある日、長野に住む伯父《おじ》から箱に入ったぶどうが届いた。その名も巨峰《きょほう》。名前からしてぶどうの王様っぽいと思ったが、食べてみてその感覚が間違っていなかったと確信した。語彙の足りない少年は数十分に亘り『なにこれ、くっそうま！』『超最高なんですけど！』と連呼しながら狭い台所を駆け回ったのだった。

「そんな思い出があったんですね」

「あの時の衝撃が強烈すぎて、おれの中でぶどうは今でも果物の王様ってわけだ」

唯織の狂喜乱舞っぷりを知った伯父は、以来毎年ぶどうを送ってくれるようになった。巨峰だけでなく、昔ながらのデラウェアやマスカット、ピオーネなど、いろいろな種類が入っていて、あの頃の唯織をちょっとしたぶどう評論家にした。

「それにしても、何年も前のインタビュー記事をよく調べたな」

するとと凱は「えっ」と視線を揺らした。

「あの雑誌、確か廃刊になったはずだったけど」

「それはですね、えっと、一哉が」

「一哉くんが？」

「はい。あいつがその、雑誌のバックナンバーを取り寄せてくれて」

「へえ、そうだったんだ」

唯織が作家だということを、凱は一哉から教えられたと言っていた。以前雑誌に載った記事を、一哉はたまたま覚えていたのかもしれない。

「そんなことより唯織さん、どれから召し上がりますか？」

話を逸らすように、凱はテーブルに並んだ皿に唯織の視線を誘った。

「そうだな……あ、これ、すごくきれいだ」

唯織が一番左の皿を引き寄せると、凱がカトラリーを並べてくれた。皿の真ん中に白いアイスクリーム状のものが載っている。その周囲にはスライスしたマスカットが花びらのように敷き詰められ、さらにその外周を紫色のソースが囲んでいる。

「真ん中はフロマージュブランのアイスクリームです。花びらはシャインマスカットで、周りのソースはピオーネの皮から抽出したエキスを煮詰めて、白ワインとバターを加えたものです」

「へえ……」

さらりと凱は解説するが、想像以上に手の込んだ一品らしい。

「よくこんなに薄くスライスできるな」

「手先だけは無駄に器用なんです」

料理人なのだから無駄ではなかろうに。唯織は苦笑しつつ「いただきます」とフォークを手にした。ふぐ刺しよろしく、花びら状のシャインマスカットを三枚ほどまとめ、ピオーネのソースを絡ませて口に運ぶ。ぶどうの甘酸っぱい香りが鼻腔を抜け、唯織は思わず顔を綻ばせた。


「美味い……」

本当に美味しいものを食べた時、すぐに気の利いた感想を口にできる人が羨ましい。言葉を扱う仕事をしているくせに、心が「美味しい」と「幸せ」でいっぱいになってしまい、感想が出てこないところは子供の頃から変わらない。

しかしそんな蕩《とろ》けそうな表情に心の裡が溢れていたのだろう、凱は安堵したように「ありがとうございます」と頭を下げた。

「シャインマスカットの甘みが、すごいな」

爽やかなのに抜群に甘い。特に糖度が高いものを選んだのだと凱が教えてくれた。フロマージュブランのアイスクリームのコクも、いいアクセントになっていた。

他のふた皿は、巨峰のシャーベットとぶどうたっぷりのショートケーキで、どちらもほっぺたが落ちるほど美味しかった。三皿をぺろりと平らげた唯織だったが、その舌と心をがっちり捉えたのはやはり、最初に食べたシャインマスカットを使ったひと皿だった。

「では来週からデセールはしばらくこれでいきます」

「シャーベットとショートケーキも出せばいいのに」

「そうですね。もう少し改良してみます。唯織さん、また付き合ってくれますか？」

「こんな美味しい役ならいくらでも」

凱は「よかった」と胸を撫《な》で下ろした。

「お忙しい時は、遠慮なく断ってくださいね」

ああ、と頷きながら、唯織は胸に鈍い痛みを覚える。デセールの試食もままならないほど仕事がたてこんでいる。そんな日は一体いつやってくるのだろう。

「唯織さん？」

「……え」

「どうかしましたか？」

気づけば俯きがちに黙り込んでいた。

ほんの数秒のことだったのに、凱が横顔を覗き込んできた。

「別に」

「ならいいんですけど」

よほど冴《さ》えない表情をしていたらしい。凱が疑わしそうな目をするから、唯織はちょっとムキになる。

「本当になんでもない」

「ええ」

「元気いっぱいだ」

「はい」

言い募るほどにうそ臭くなっていくのが辛い。言葉とはそういうものだと、職業柄嫌というほど知っているはずなのに。

――こいつには通じないのかもしれないな。

〝秘儀・笑顔の鉄仮面〟が、凱には通じない。初めて『GAI』を訪れた日にもそう感じた。春の日差しのように穏やかで柔らかな視線は、固く閉ざした心の扉の隙間から、ゆっくりじわじわと染み入ってくる。

このままでは早晩、隠し続けている唯織の胸の裡に、この敏いシェフは気づいてしまうだろう。いや、すでに気づいているのかもしれない。年上なのだから、大人の余裕を見せつけてやりたいところなのだけれど。

――弱ったな。

何もかもぶちまけてしまいたい。そんな衝動が襲ってくる。

書けない自分。ままならない現状。焦り。苦悩。そしてちょっぴりの自棄《やけ》。

「唯織さん、この後何か予定ありますか」

「特に何も」

きっと「この人いつも暇だな」と思われただろうが、もうどうでもよくなっていた。

「よかったら上で少し飲みませんか」

皿を片づけながら、凱は天井を指さした。

「上？」

まさか二階にも客席があったのかと目を瞬かせる唯織に、凱は「違いますよ」と笑った。

「俺の家なんです」

なんと店の二階部分は、凱の自宅になっているのだという。

「いいのか」

「いけなかったら誘いません」

「それもそうか」

唯織は頬を緩めて腰を浮かせた。ぶどうのスイーツも最高だったけれど、どちらかと言えばアルコールが欲しい気分だった。

飲みたいけれどひとりじゃ寂しい。そんな唯織の気持ちを察したのだとすれば、凱の洞察力は冗談ではなく神がかりだなと思った。

厨房の奥のドアを開け、その先にある狭い階段を上った先が凱の自宅だった。八畳ほどの和室と傍らに設えられた小さなキッチン、そして洗面所とバスルーム。それが凱の生活スペースのすべてだった。

隅に鎮座したベッドがでかい。見たところセミダブルサイズだ。おかげで狭い部屋がさらに狭くなってしまっているが、百八十五センチを超えているだろう凱の身長を考えれば仕方のないことなのかもしれない。唯織の部屋とてさほど広くはないが、リビングの広さはこの倍ほどある。何よりベッドルームは別だ。

「適当に座ってください」

「……ああ」

唯織は少し迷い、ベッドとテーブルの隙間に腰を下ろした。ベッドの縁に背を預けた途端、学生時代に暮らしていたアパートの光景が蘇る。友人が遊びに来た時など、背もたれのあるその場所は特等席だった。懐かしい思い出だ。

「簡単なものばかりで申し訳ないんですけど」

簡素なテーブルに並べられたのは、なんと和食だった。豚の角煮、蓮根《れんこん》のきんぴら、小松菜と厚揚げの煮物、水菜とジャコのサラダ――。十分もかからず、小さなテーブルは料理を盛った皿でいっぱいになった。宝石と見紛うようなデセールとのギャップに驚きながらも、唯織は思わず「美味そうだな」と呟いていた。

「順序が逆になっちゃいましたね」

デセールの試食が先になったことを気にしているらしいが、唯織はちっとも構わなかった。

「さすがプロ。手早いな」

「今作ったのはサラダだけです。あとは作り置きをレンチンしただけです。さあ、食べましよう」

凱が下から持ってきた赤ワインで乾杯すると、唯織は早速豚の角煮に手を付けた。好物なのだ。

「う〜ん、美味い！」

箸で持った瞬間に、あ、これは柔らかいぞとわかった。口の中で溶けていく脂はこっくりと甘くて、うんうんと何度も頷いてしまうほど美味しかった。

煮物は上品な出汁の味が染みているし、きんぴらのピリッとした辛味は唯織の好みドンピシャだし、ごま油でカリカリに炒めたジャコがシャキッとした水菜と絶妙にマッチしているし、とにかくどれもこれも最高に美味かった。赤ワインを選んだのも大正解だ。

「普段は和食が多いのか」

「はい。店を開けている日は、昼も夜も大体賄い飯なので、休みの日は和食が多いです」

確かに毎食フレンチでは、どんなに美味しくてもキツイかもしれない。

「それにしても、もったいないな。和食の腕もプロ並みなのに」

「あはは。和食のプロの方に叱られます」

凱は謙遜するが、唯織は本気だった。本人がその気になれば、和食の料理人にもなれるだろう。

あまりの美味しさに育ち盛りのような勢いで料理を口に運んでいた唯織だったが、ふと正面を見ると、凱がこちらをじっと見つめていることに気づいた。ワイングラスを手にして、何やらものすごく楽しそうな笑みを浮かべている。

凱はいつも、こんなふうに真っ直ぐに唯織を見る。そのくせこちらが見つめ返すと、照れたように視線を逸らしてしまう。変なやつなのだ。でもちょっと……悪くない。

「お前は食べないのか」

「食べてますよ」

「うそつけ。おれの半分も食ってない」

「料理人にとって最高のご馳走はなんだかわかりますか？」

尋ねて、凱は赤ワインを口に含む。唇を舐《な》める舌先がひどくエロチックに見えたのは、早くも回り始めたアルコールのせいだろう。

「自分の作った料理を食べてくれた人の笑顔と、『美味しい』のひと言です」

「それで腹がいっぱいに？」

「なります」

なるもんか、と腹の中で毒づいたが、気持ちはわからなくもない。読者がくれる『面白かった』のひと言が、作家にとってエネルギーの源なのだ。

——ま、それは通常時の話なんだけど。

今の唯織にとっては『面白かった』も『新作が楽しみ』も、プレッシャーでしかない。

「……っう」

鼻の奥にツンと痛みが走る。角煮に辛子をつけ過ぎた。

「どうしたんですか」

「辛子……」

ひい、と涙目になってワインを飲み干した。

「水、持ってきましょうか」

唯織は「いらない」と手を振った。

「つけ過ぎるの、好きなんだ。辛子とかワサビとか」

「は？」

「ここがツーンとするのがいいんだ。来るぞ来るぞ、おぉ来たあ！　みたいな」

顔を顰《しか》めて鼻をつまんでみせると、凱は一瞬ポカンとした後、ぷっと噴き出した。

「唯織さんって、変な人ですね」

変なやつに変な人呼ばわりされてしまった。なんだか可笑しくなって、唯織はグラスを回しながらクスクスと笑った。

「唯織さん、酔いました？」

気づけばワインのボトルがほとんど空になっていた。

「この程度で？　まさか」

「お酒、強いんですね」

「まあな」

弱くはない。しかし自慢するほど強くもない。ちょっぴり見栄を張ってしまうのは、おれは年上だというつまらないプライドだ。素直な年下青年は「次は何がいいですか?」と尋ねる。なんでもいいと答えると、日本酒の瓶がテーブルにドン、と置かれた。越乃寒梅《こしのかんばい》の純米大吟醸だ。

「まさか唯織さんとふたりでこれを飲めるとは。なんて僥倖《ぎょうこう》」

料理の器があらかた空になったのを見て、凱はいそいそとキッチンに立つ。

「大袈裟《おおげさ》な……おい、もう腹いっぱいだから何もいらないぞ」

「まあそう言わないで」

ものの三分で、凱は新たな皿を手にしてテーブルに戻ってきた。

「いぶりがっこのクリチ載せ。久しぶりに作ったんですけどこれ、日本酒にすごく合うんです。よかったらどうぞ」

そう言って凱は、自らが作ったつまみをひとつつまんで、ぽいっと口に放り込んだ。

「うん。これこれ、この味」

カリカリポリポリと響く小気味いい音につられ、唯織もひとついただく。いぶりがっこのスモーキーな香りとクリームチーズの爽やかな風味が、口の中で絶妙なハーモニーを奏でる。

「うん。想像以上に美味い」

「でしょ？」

カリカリポリポリの二重奏の中で、ふたりは顔を見合わせて微笑んだ。

「クリチと漬物を混ぜるなんて発想が、おれにはないな」

先週だけでカップラーメンを十個以上消費した唯織は、凱の料理の腕とセンスを心底羨ましく思う。

「これは俺のオリジナルじゃありません。料理サイトなんかに載ってますよ。めちゃくちゃ簡単だから三分で作れます」

「おれは料理人じゃないからな。自分だけのために三分もキッチンに立ちたくない」

「普段、料理は全然？」

「ほとんどしないな。毎日こんなに美味いもの食えたら、幸せだろうな」

「じゃ、一緒に暮らしますか？」

唯織は噎《む》せそうになった。猪口《ちょこ》を傾けながら、凱は生き生きとした瞳で唯織の顔を覗き込んでいる。

「話が飛躍しすぎだ」

「ダメですか」

「やめとく。狭い」

「じゃ、広いところに引っ越しましょう」

「ダーメ。毎日こんなご馳走を食ってたら、あっという間に太りそうだ」

「太りませんよ」

「なんで言い切れるんだ」

凱は猪口をテーブルに置くと、少し胸を張って言った。

「俺と暮らしたら朝昼晩、三食栄養バランスのいい食事を提供します。バランスのいい食事は太らない。よって唯織さんは太らないし、健康を損なうこともない」

凱曰《いわ》く、栄養バランスの取れた食事をしていれば、少々食べ過ぎたくらいでは太ったりしないのだという。

「体質によるところも大きいですけどね。唯織さんはどう見ても太りやすそうに見えません」

確かに子供の頃からよく食べる方だったのに、一度も太ったことはない。逆に風邪《かぜ》をひいたりするとすぐにひょろひょろと痩せてしまい、母親を心配させた。

——そっか。

その思いは、不意に浮かんだ。

凱の料理はどれも感動的に美味しい。だから毎日食べられたら幸せだなと思った。けれど唯織の目は、その先にあるもうひとつの幸せをぼんやりと捉えていた。

——毎日こんな楽しい時間を過ごせたら、幸せだろうな。

誰と、と自問しそうになって、慌てて猪口を空にした。

すかさず凱が越乃寒梅を注いでくれる。

「本当に強いんですね、唯織さん」

「凱もな」

「俺はもう、大分酔ってます」

凱はそう言って、へらっと笑った。

——だったらいいかな。

どうせふたりとも酔っているのなら、打ち明けてもいいかな。

美味い日本酒とつまみに懐柔されるように、唯織は「実はさ」と切り出した。

「この一年半、まったく書けないんだ」

いぶりがっこ美味いな、と言うのとまったく同じ口調で告げた。凱は猪口を持つ手を止め、静かに唯織の顔を見た。

「小説が、ですか」

唯織は黙って頷く。

およそ一年半前、それまで二年間付き合っていた恋人と別れたこと。別離の経緯が自著のストーリーと偶然にも酷似していたこと。その事実に気づいた直後から、小説が書けなくなってしまったこと——。

恭介の名前だけを伏せ、これまでの経緯を順を追って話した。途中で取り乱したらどうしようという懸念はまったくの杞憂だった。まるで既知の物語のあらすじを話すように、終始冷静に淡々と語ることができた。

実際、他人事《ひとごと》のような気分だった。越乃寒梅のおかげか。

「初稿に入る――つまり小説を書き始める段階にすら辿り着けない。アイデアがまとまらないんだ。それらしきものがポツリ、ポツリと浮かんでは消え、浮かんではまた消え……その繰り返しだ。一年半、ずっと」

プロットが形を成そうとすると、決まって脳内に靄《もや》のようなものがかかる。途端に行き先がわからなくなり自信がなくなる。このまま書き進めていいのだろうかと。方向が間違っているのではないかと。そうこうしているうちに、浮かんだアイデアは霧散してしまうのだ。

「それで、新刊の予定がないんですね」

聞き終えた凱は、意外な感想を口にした。

「知っていたのか」

ええ、と凱は頷いた。なんと凱は唯織が初めて来店したその日から、唯織の著書を片っ端から読み始め、この二週間でコンプリートしてしまったのだという。

「どの作品も本当に面白くて、ページを捲《めく》る手が止まらなくて、実はこのところ若干睡眠不足です」

「それは……どうも」

「あ、信じてませんね？　俺、お世辞とか言わないですよ？」

凱は、ぷうっと頬を膨らませてみせた。こういう表情は年下だ。イケメン天才シェフなのに可愛いなんて、ずるいやつだと思う。

「前にも言いましたけど、俺、普段あんまり小説とか読まないんです。だから他の作家さんと比べてどうだとか、そういう比較みたいなのはできないんですけど」

「……うん」

「でも、普段小説を読まない俺が、寝るのも忘れちゃうくらい夢中になった。それくらい面白かった」

「……うん。ありがとう」

隣のテーブルの女性たちから『新作、待ってます』と声をかけられた時には、胸の奥に何かを詰め込まれたような重苦しさを覚えた。しかし凱が繰り返す「面白かった」は、なんの衒《てら》いもなく唯織の心を潤した。

「テレビのバラエティーに出ろと言われた」

「バラエティー？」

「トーク番組だそうだ。読者に顔を忘れられないように、ってことだろ」

「ああ……」

凱は形のいい眉をきゅっと寄せた。

「気づいていたんだろ。おれが落ち込んでることに」

「本当に元気いっぱいの人は、自分から元気いっぱいだとは言いません」

「……確かに」

「一年半はキツイですよね」

まるでそこが痛むかのように、凱は自分のシャツの胸元をぎゅっと握った。

「……そこそこな」

猪口を傾け、唯織はため息をつく。今さら「そこそこ」などと、無駄に強がっている自分が嫌になる。

「話すことがないなら猫でも飼ったらどうかとまで言われたよ」

「……冗談じゃなく？」

唯織は自嘲の笑みを浮かべる。冗談だったらどんなによかったか。

「飼うんですか」

「まさか。最初から飼っていたならともかく、今のおれには新しくペットを迎える余裕なんてない。大体そんな理由で飼われたら、猫が可哀想《かわいそう》だろ」

肩を竦めてみせると、凱はとびきり優しい瞳でこう言った。

「唯織さんのそういうところ、好きです」

好き。衒いなく零《こぼ》れた言葉に、年甲斐《としがい》もなく動揺した。

顔が赤くなるのがわかって、唯織は凱から視線を逸らした。

「すみません。気の利いた励ましの言葉が思いつかなくて」

「別に、励ましてもらおうと思って話したわけじゃない」

どんな言葉をかけてもらっても、きっと今の唯織を救うことはできない。

きっとそのうち書けるようになりますよ。焦る必要ないですから。夏川さんなら大丈夫ですって。スランプなんてみんな経験することですよ——。

わかっている。どの担当編集者も本気で心配してくれているのだ。だからこそどうにか励まそうとしてくれている。けれど唯織は思ってしまう。そのうちって？　これが焦らずにいられるのか？　大丈夫だと思う理由は？　みんなとは誰と誰と誰のことだ？

言葉なんて結局スカスカなのだと唯織は思う。言葉を扱う仕事をしているからこそよくわかる。百の、いや千の励ましよりも、今目の前にいる年下シェフのどこか苦しげな表情が胸に染みる。またあのオニオングラタンスープの味を思い出した。

「まったく、何やってんだろうと思うよ」

空いた猪口に、凱が越乃寒梅を注ぐ。

「自分じゃとっくに立ち直っているつもりなんだけどなあ」

思ったより深く傷ついていたのだろうか。

「別れた相手が憎くてたまらないとか、よりを戻したいとか、そんな気持ちもさらさらないのにさ」

「さらさら、ですか」

「ああ。さらっさら」

さすがに連絡は取り合っていないけれど、パーティー会場などで顔を合わせても、自然に会話ができるくらいには「さらさら」だ。顔を見ただけで嫌な気分になったり、落ち込んだりすることもない。

「それは本当……ですか？」

妙なところに食いついてくるから「お前にうそをついてどうするんだ」と苦笑してしまう。

「気持ちの整理は完全についている。なのになぜだか以前のようにアイデアが浮かばない。浮かんだと思ってもすぐにつまらないものに思えてくる。まあ、実際つまらないんだけど」

「唯織さんがそう感じているだけってことは……」

唯織はふるんと首を振った。

編集部に持ち込むプロットがどれも今ひとつだということは、唯織自身が一番よくわかっている。それでも筆を止めないのは、止めた瞬間にすべてが終わってしまう気がするからだ。

今だけではなく、過去も未来もすべてが霧消してしまう。そんな恐怖に衝き動かされ、毎日砂を嚙むような心地でパソコンに向かっている。

「そんなこんなで気づけば一年半だ。情けないと思うけど、どうにもならない」

「情けなくなんか」

「高校生じゃあるまいし、いい大人が失恋くらいで仕事ができなくなったんだぞ？　情けなくもなるだろう」

初恋は中学三年生の時だった。隣のクラスの男子と半年付き合って別れた。キスもしない清らかな関係だったけれど、それなりに落ち込んだことは覚えている。それでも学校や部活を休んだりはしなかったし、受験勉強だって頑張った。志望校にも合格した。

——あの頃のおれの方が、今よりずっと大人だった。

くいっとまた猪口を空ける。キリッとした辛口。自棄酒にするにはもったいない美味さだ。

「もしかして、なんですけど」

唯織の猪口に酒を注ぎながら、凱が遠慮がちに口を開いた。

「唯織さんが書けなくなった原因って、失恋そのものではないんじゃないでしょうか」

「……どういうことだ」

唯織は猪口を持つ手を止め、首を傾げる。

「あくまで俺の個人的な印象なんですけど」

「……うん」

「失恋したこと自体ではなく、自分の考えたストーリーと同じことが起きてしまったことの方に、大きな原因があるんじゃないかと思うんです」

唯織はおそらくかなり繊細で、その分他の人よりも共感力が高い。それで自分が作り上げた物語の主人公に、必要以上に共感してしまったのではないかというのが凱の分析だった。

「共感力、か」

「HSPって聞いたことありませんか。心理学用語なんですけど」

「知ってる。『Highly Sensitive Person』の略だろ」

「はい。定義は『非常に感受性が強くて敏感な気質を持った人』です」

「おれがそれだと？」

凱は「あくまで個人的な印象ですけど」と繰り返した。

「中学時代のサッカーの話を聞いた時も思ったんです。共感力が高い人なんだなって」

「サッカー？　ああ、あの話か」

自分のラフプレーが原因で相手選手が鼻血を出した。それがショックで唯織は二ヶ月間ボールを蹴ることができなくなった。

『唯織さんは弱いんじゃなくて、繊細なんですよ』

凱はそう言ってくれた。

「言われてみれば、確かにそういう傾向はあるかもしれないな」

ＨＳＰの人間は五感が優れていて、音とか光、あるいは肌に触れるものなどに対する感覚が敏感だ。周囲の些細な変化にも気づきやすく、物事を深く感じ入り、考えるといった特徴があると、以前何かの本で読んだことがある。しかしその時は資料として目を通しただけで、わが身を振り返ることはしなかった。

「感受性が強いことや共感力が高いことは、小説家としてマイナスではないと思います」

「ただし度が過ぎると……」

凱は「ええ」と頷き酒を口に運んだ。空いた猪口に越乃寒梅を注いでやりながら「何が『大分酔ってます』だ。めちゃくちゃ理路整然としてんじゃねえか」と心の中でツッコミを入れた。

「ＨＳＰの傾向を持つ人の中でも、ずば抜けて共感力が高い人のことをエンパスなんて呼ぶこともあるらしいです。あ、こっちは心理学用語ではないですけど」

「エンパスは聞いたことがない」

「エンパスの傾向が強い人は、他人の感情に引っ張られやすくて、自分の感情と他人の感情の区別がつかなくなって混乱したりすることもあるそうです」

――感情が引っ張られる。

唯織はハッとした。

「そういえば、この頃時々見る夢があるんだ」

小説が書けなくなってから、何度か同じ夢を見た。恭介と涼と唯織、三人で談笑する夢だ。見知らぬバーだったり、夜道だったり、夏の海岸だったりと、シチュエーションはバラバラなのだが、どの夢でも唯織は必ず懐《ふところ》にナイフを忍ばせている。

自分はふたりを刺すのだろうか。刺したいのだろうか。殺人鬼になりたいのか。いや違う。そんなこと思っていない。望んでいない。絶対に。

心は激しく拒否するのに、夢の中の唯織は動きを止めない。そして、さあいよいよ懐のナイフに手をかけようという瞬間に、決まって目が覚める。汗びっしょりになって飛び起きるのだった。

「唯織さんの失恋とそっくりな展開の小説って、あの話ですよね」

凱が口にした作品は、まさに自身を苦しめることになったそれだった。唯織は「ああ」と小さく頷く。

主人公は、恋人の手ひどい裏切りがきっかけで心を病んでいく。元々持っていたサイコパス的な人格が顕著化し、次々と殺人を犯し、最後は自死してしまう。誰の心の中にもある悪の部分。それを抑えつける力を失った時、人はどうなってしまうのだろう。そんなことを考えながら書いた話だった。

恭介の浮気はあれが初めてではなかった。しかし相手が自分の友人だったことで、唯織の心の箍《たが》は弾《はじ》け飛んだ。浮気のやり口が似通っていたのは偶然だが、夢の中とはいえ小説の主人公と同じ行動を取ろうとしたのは紛れもなく唯織自身なのだ。そのことが、たまらなく恐ろしかった。

涼のSNSをチェックする時、きっと自分は反吐《へど》が出るほど醜い顔をしていただろう。何もかも同じだ。あの話の主人公と自分は同じなのだと、知らず知らずのうちに暗示をかけていたのかもしれない。

「おれは、自分が作ったキャラクターの感情に引っ張られていたのか」

「そういう考え方もできるんじゃないかと。ただの仮説ですけど」

「なるほどな」

唯織は何度も頷いた。

繰り返し見る夢は、無意識の層に潜んだ恭介への未練のせいだと思っていたけれど、どうやらそうではなかったらしい。自分が陥っている状況がまるでわからなくてずっとモヤモヤしていたけれど、凱の仮説に当てはめれば驚くほどしっくりくる。

長い間解けなかった難問の答えを、突然教えられたような気分だった。

とはいえこれから具体的にどうすればいいのだろうと考えていると、凱が口を開いた。

「唯織さん、自転車に乗れますか?」

唐突な問いかけに、唯織は目をぱちくりする。

「自転車?　ああ、乗れるけど」

「自転車に乗れるようになったばっかりの頃って、自分の思う方向に進めないじゃないですか。例えば左側に壁があって、だから左には寄せちゃいけないと思う。ところがそっちに行っちゃダメだと思えば思うほど、ハンドルは左に切れていく……」

「あ、それ、わかる！」

唯織は思わず大きな声を出していた。

「おれ、それで側溝に落ちたもん。保育園の時」

「俺も、電柱に左腕を擦《す》って全治一週間の擦過傷を負いました。小一の時です」

「今のおれも、きっとそういう状態なんだな」

おそらく、と凱は小さく頷く。

「とは言ってみたものの、そもそもどこからがセンシティブでどこからが普通かなんて、数値で測れるわけじゃないし、線引きできるようなものでもありません。ただの性格の傾向であって、病気では全然ないし」

「……うん」

「それに、じゃあどうすればいいのかって訊《き》かれても、わからないと答えるしか……」

凱はすまなそうに項垂《うなだ》れ、ちびりと越乃寒梅を舐めた。具体的にどうすればいいのかと、唯織が考えてしまったことまで、どうやら凱はお見通しだったらしい。

——まったくこいつは……。

「お前、すごいやつなんだな」

「え?」

「専門家みたいだ。実はカウンセラーとかなんじゃないのか?」

まさか、と凱は驚いたように首を振った。

「俺は料理人です。しかもまだ駆け出しの」

「草鞋《わらじ》を二足履いていたり――」

「しません。こう見えて不器用なんです」

器用なのは手先だけ、ということか。

「逆に、訊いてもいいですか?」

「なんだ」

「どうして俺だったんですか?」

「……え?」

「あちこちでする話でもなさそうだから」

「ああ……」

なぜ今夜、唐突に打ち明けようと思ったのか。なぜその相手が自分だったのか。凱はそう訊いているのだ。

「わからない」

正直に答えると、凱はちょっと瞳を揺らし「そうですか」と苦笑を浮かべた。

「理由はわからないけど」

唯織は猪口をテーブルに置き、居住まいを正した。

「ありがとう」

真っ直ぐに凱を見据えて言った。目元をほんのり赤くしても、イケメンはやっぱりイケメンだなあと思いながら。

「依然としてトンネルの中だけど、遠くに小さい明かりが見えた気がする。凱のおかげだ。ありがとう」

もう一度礼を告げると、凱は「そんな」と照れたように俯いた。目元の赤みが頬まで広がる様子に、唯織は口元に小さく笑みを浮かべた。

いつからだろう、心の力を抜くことができなくなっていた。一年半前の失恋がきっかけだと思っていたけれど、もっとずっと以前からそうだったのかもしれない。

恭介のことは作家として尊敬していた。知識も話題も豊富な彼とは一緒にいれば楽しかったし、退屈することはなかった。けれど彼の奔放な恋愛観に気づいてからは、いつも心のどこかに緊張があった。心を完全に弛緩《しかん》させることができなかった。

——なのに今夜のおれときたら……。

唯織はふああとひとつ欠伸《あくび》をする。

「眠くなっちゃいました？」

「ぜ～んぜん」

首をゆらゆらさせながら強がると、凱がふっと笑った。

「なんだよ」

「……いえ」

「言えよ」

凱は黙って首を振る。楽しそうに。優しそうに。

「唯織さんの欠伸を見られて、ラッキーって」

「は？　バカなのかお前」

凱といると、心の凝りがじんわり解けていくのがわかる。きっとまた書けるようになりますよ。唯織さんなら大丈夫。たとえばそんな見え透いた励ましを口にしても、凱が言うならそうかもしれないと、今の自分はすんなりと受け入れるに違いない。

——まあ、そんな励まし方、こいつはしないだろうけど。

「凱」

「はい、なんでしょう」

「お前ってさぁ……干したての布団《ふとん》みたいだな」

目蓋が重い。意思に反して視界が狭まっていく。

「布団？」

「お日さまをいっぱい浴びた、ふかふかの布団」

「俺が、ですか？」

唯織はコクンと頷く。お前がって言っただろ。ちゃんと聞いとけ。

「布団ですか。初めて言われました」

凱がクスクス笑っている。何が可笑しいんだよと文句を言ってやりたいのに、口を動かすのが面倒くさい。本格的な睡魔が襲ってきた。

「眠そうな唯織さん、可愛いですね」

はあ？　バッカじゃねえの？　と思ったけれど、声にならない。

「こんな無防備な顔を毎日見られる人は、幸せだろうなあ」

――それはこっちの台詞だ。

凱みたいな男と毎日一緒にいられたら、どれほど幸せだろう。

浮かんだ思いはしかし、唯織の胸をチクリと刺した。

「失恋の特効薬は、新しい恋らしいですよ」

「………」

「聞いてます？　唯織さん」

目を閉じてテーブルに突っ伏している唯織に、凱は一方的に話しかけてくる。唯織は最後の力を振り絞って口を開いた。

「おれはもう……」

「え？　何ですか？」

「おれはもう……恋はしない」

一拍置いて、凱が尋ねる。

「どうして？」

「また誰かを好きになって……また別れて……そのたびに書けなくなるんじゃ……」

たまらない。言い終わる前に、眠りの淵が見えてきた。

「だから決めたんだ。恋はしない」

「決めちゃったんだ」

——ああ、決めたんだ。文句あるか。

渾身の力で首を小さく縦に動かした。

「そっか。決めちゃったのか」

——なんでそんな甘ったるい声なんだ……。

凱が立ち上がる気配がする。どこかへ行ったと思ったらすぐに戻ってきた。背中に何かがふわりと掛けられるのがわかった。薄手の毛布らしい。

「残念だな。俺なら……」

ため息混じりに凱が何か言ったようだが、みなまで聞く前に、唯織はゆっくりと眠りの淵に落ちていった。

共感力が高く、他人の感情に引っ張られやすい。

凱の指摘は、進むべき道を見失っていた唯織にとって、何よりの道標となった。遠くにポツンと見えてきた光は徐々に強さを増し、頭のなかにかかっていた靄のようなものが日を追うごとに消えていく。かけられていた魔法が解けていくような感覚だった。

手料理と美味い酒でもてなされてから六日。唯織はポツリ、ポツリと浮かんでくるアイデアをまとめるのに忙しかった。朝、パソコンを立ち上げる時の気分がまったく違う。失ったと思っていた創作意欲が戻ってきたことが嬉しくて、唯織は食事の時間も惜しんで仕事に没頭した。

とはいえ散歩だけは欠かしていない。アイデアは、歩いている時に浮かんでくることが多いからだ。その日の午後も唯織はいつものように、堤防道路をのんびりと歩いていた。

――やっぱりちょっと格好悪かったよな……。

六日前の夜のことだ。弱音を吐くだけ吐くと、唯織はテーブルに突っ伏して眠ってしまった。目覚めた時にはベッドに寝かされていた。部屋の主の姿はすでになく、のそりのそりと階段を下りていくと、予想した通り厨房でランチの仕込みに入っていた。

『おはようございます』

『……おはよう』

『よく眠れましたか?』

振り返った顔はすでに爽やかな朝のそれだった。対して唯織の顔は、多分むくんでいた。

『……うん。おかげさまで』

『よかった。今、朝ご飯の準備しているんで、ちょっと待っててくださいね』

『いや、さすがに――』

そこまでしてもらっては申し訳ない。辞去しようとして口を噤んだのは、厨房から漂ってきた匂いに気づいたからだ。唯織は鼻をひくひくさせる。

『オニオングラタンスープなんですけど、食べられますか?』

二日酔いの時にそれを食すというフランスの文化にカルチャーショックを受けたことも忘れ、唯織は『食べる』と元気よく頷いたのだった。

――至れり尽くせりだったよなあ。

あの夜は思い出さなかったが、かつて雑誌のインタビューで『好きな日本酒は越乃寒梅だ』と答えたことがある。ぶどうの件と同じく、一哉から仕入れた情報なのだろう。

凱はあの日、最初から唯織を自宅に招くつもりだったのかもしれない。作り置きだという料理の量も、ひとり分にしては多かった。

「ずいぶんとまた、気に入られたもんだな」

今日も空は青く高い。見上げながらため息をつくと、雲間に凱の笑顔が浮かんだ。

――ベッド……あいつの匂いだったな。

目覚めた時の枕の匂いが、やけにリアルに蘇る。抜けるような青空と相容《あいい》れない、生々しい感情がむくむくと膨らみそうになる。

「何考えてんだ」

小さくひとりごち、ふるんと頭を振ると、ポケットの中でスマホが鳴った。

【取材の件ですが、こちらは営業時間外ならいつでも大丈夫です。先方の都合に合わせますとお伝えください】

凱からのメッセージだった。涼音の取材日をいつにすればいいかという唯織のメッセージへの返信だ。あれから『GAI』には行っていないが、メッセージのやり取りは毎日している。

【了解。また連絡します】

【よろしくお願いします。あと別件なんですが、近々フィナンシェの試食もお願いしていいでしょうか。ご迷惑でなければ】

唯織はすかさず【OK】のスタンプを送った。迷惑なわけがあるか、と苦笑しつつスマホをポケットにしまった時だ。

前方から近づいてきた自転車が、唯織の正面でキィッと音を立てて止まった。帽子を被った青年がにこにこしながら自転車を降りる。はて、誰だったかと考える間もなく、青年が目深に被っていたキャップを脱いだ。

「こんにちは、夏川さん」

「ああ、きみか」

『GAI』のウエイターだ。凱の従弟で、名前は確か一哉といった。

「お散歩ですか？」

「うん。きみは？」

サイクリングと答えるかと思いきや、一哉は「今から店です」と笑った。日曜のこの日はランチがないため、午後からの出勤なのだという。

「凱くんがお世話になっているみたいで、ありがとうございます」

「世話になっているのはこっちだよ」

「いいえ、シャインマスカットのデセール、大盛況なんです。夏川さんのおかげです」

「おれは試食しただけだよ。作ったのは彼だ」

「でも凱くん、いつも以上に張り切ってるんですよね〜」

一哉は何か言いたげにニヤニヤしている。唯織は小さくコホンと咳《せき》ばらいをした。

「そういえばおれの好物をいろいろと調べてくれたみたいだね。ぶどうとか、越乃寒梅とか」

「えっ、オレがですか？」

一哉は幼さの残る目をぱちくりとさせた後、「ああ……」と眉をハの字にした。

「凱くんがそう言ったんですか。一哉が調べてくれたって」

「うん。違うのか？」

一哉はしばらく思案顔をしていたが、やがてため息混じりに「違います」と頷いた。

「凱くんが自分で調べたんです。何年か前の雑誌のバックナンバーとかネットで取り寄せたりして。あんなに真剣な凱くん、久しぶりに見ました」

「そうだったのか」

「なんでそういう意味不明なうそつくのかなあ」

「まったくだ」

「正直に言えばいいのに」

「同意する」

「けどまあ、正直に言えないのが、凱くんの凱くんたる所以《ゆえん》で」

ん？　と唯織が首を傾げると、一哉は小さく肩を竦めた。

「凱くんって、昔から手先だけは器用なのに、心が不器用っていうか」

超のつくイケメンで学業も優秀。加えて誰とでも分け隔てなく接することのできる穏やかで優しい性格の凱は、当然のごとくモテた。家が近かった一哉は、従兄《いとこ》のモテっぷりを嫌というほど見せつけられてきたのだという。

「バレンタインなんてすごかったですよ。凱くんの家の前に、毎年女の子の行列ができていましたから」

整理券を配ろうかと、一哉は本気で思っていたという。

「それなのに凱くんってば、あまりにも素っ気ないっていうか。もらったチョコ、全部オレに『持ってっていいぞ』って。オレが一個ももらえなかったこと、知ってたんですよね」

「わ、嫌なやつだな」

「ホント、超嫌なやつなんです」

一哉はケラケラと笑った。

「でも、自慢するつもりとか全然ないみたいで」

「だろうな」

「恋愛に関して、びっくりするくらい晩生《おくて》なんです。最初はモテすぎて感覚が麻痺《まひ》しちゃってるのかなあ、とか思ってたんですけど……」

ある時、告白を断った女の子に目の前で泣かれて、信じられないくらい慌てふためいている凱を見てしまい、一哉は思ったという。

「どうやら本当に、ただただ恋愛に不器用な人なんだなって。まあ、あれで恋愛まで手練手管だったら世の中不公平すぎます。神さまの依怙贔屓《えこひいき》です。世界中の男たちから苦情が行きます」

　確かに、と唯織は笑った。

　カウンセラーと二足の草鞋を履いているのかと尋ねた唯織に、凱は『こう見えて不器用なんです』と答えた。恋愛感情に疎いという自覚は、一応あるのかもしれない。

　――心が不器用……か。

「だからオレ、このところの凱くんの変わりように、かなり驚いてるんです」

「このところの凱？」

「ほら、なんていうか、妙にそわそわしてるというか、心ここにあらずというか」

「そうなのか」

「一日にフライパンを二回落とす凱くん、初めて見ました。あれは絶対に」

　一哉は唯織をちらりと見上げ、言った。

「遅れてやってきた思春期ですね。恋です」

「ああ……」

　そういうことか。相手は誰かと尋ねるまでもないだろう。従弟にあっさりと勘づかれるほど、凱の恋心はダダ漏れのようだ。

「中学高校くらいまでは、言い寄られて断り切れなくて、何人かと付き合ったことがあったみたいですけど、長続きはしませんでした。凱くんが淡泊すぎて。大学に入ったくらいからは、色恋の気配すらありませんでした」

「きみの知る限りにおいては、だろ？」

「凱くん自身もそう言っています」

恋人の存在について一哉が尋ねるたび、凱は「いるわけないだろ」と答えるのだという。

「うそとかつけない性格だから、本当にいなかったんだと思います」

確かに、平然とうそをつく凱を想像するのは難しい。唯織は「ふうん」と頷いた。

「従弟のオレが言うのもアレなんですけど、凱くんって、かなりお買い得物件だと思うんです。若干どころじゃなく不器用だし晩生だし、料理以外にこれといった趣味もないし、気の利いた会話ができるわけじゃないし、でもそれを補って余りあるくらい、いいところもあるんです」

一哉は鼻の穴を膨らませてにじり寄ってくる。

「凱くんはとにかく誠実です。恋人なんかできた日にゃ、こってこてに甘やかすに決まってます。何より料理の腕は一級品なんで、毎日美味しいご飯が食べられます。フレンチだけじゃなくて、実は和食も最高なんですよ」

唯織は思わず、知っていると答えそうになった。

「しかもイケメンだし」

いかがでしょうかと言わんばかりにチラチラと視線を送ってくるから、唯織は苦笑するしかない。なんともいえない居心地の悪さと闘いつつも、悪い気はしないから困ってしまう。

凱と付き合ったら、きっと心安らぐ日々を送ることができるだろう。けれどだからこそ、フラれた時のショックは計り知れないだろうと想像する。恭介と別れた時の何倍も落ち込んでしまうだろうことは想像に難くない。一生立ち直れなくなるかもしれない。

――そんなことになったら、作家廃業へまっしぐらだ。

身震いしそうになり、唯織はふと我に返る。

まだ付き合ってもいない。告白されたわけでもないのに、別れることになった時の心配をしている。どうやら自分は、思っている以上にナーバスになっているのかもしれない。

「とはいえ、顔の好みは人それぞれでしょうけど」

「いや、相当イケメンだと思うよ。スタイルもいいし、モデルだと言われても疑わない」

衒いのない褒め言葉に、一哉は「ですよね！」と破顔した。

「人柄は誠実だし、見た目はモデル並み。でもって医師免許まで持ってるんだから、これをお買い得物件と言わずして――」

「医師免許？　凱が？」

みなまで言い終わる前に、唯織は目を見開いた。すると一哉も唯織と同じくらい大きく目を見開き、「ええ」と頷いた。

「凱くん、大学は医学部だったんです。聞いてませんか？」

「いや……」

聞いていない。初耳だ。

「なんだ。そうだったんですか。てっきり夏川さんには話してあるんだとばっかり……」

一哉は困惑したように口籠る。遅れてやってきた思春期の只中にいるのだから、自分の経歴くらい打ち明けて当然だと早合点したのだろう。

凱の実家は都内にある神崎総合病院という大きな病院だという。一族には医師が多く、当然のことながら凱も高校卒業後は医学部へ進学したのだと一哉が教えてくれた。

「オレは凱くんの母方の従弟なんで、医学部とは無縁でしたけど、凱くんはいわゆる御曹司ってやつです」

およそ四年前、前職を辞めて単身パリに渡ったのだと、以前河原で凱は話してくれた。あの時は会社勤めでもしていたのだろうと勝手に解釈していたのだけれど。

「医学部を出て、どうしてまた料理人に……」

「実はオレも詳しいことはよく知らないんですよ。急に研修医を辞めて、しばらくして料理の修業をするためにフランスに行ったって親から聞いて『えっ、マジで？　何それめっちゃ格好いいじゃん』って思ったことだけは覚えています。『凱くん、子供の頃からの夢を貫いたんだな、すげーなあ』って」

従弟の一哉にしてみれば単に「格好いい」決断だったのかもしれない。しかし一度は医師の道を志した人間が途中で方向変換することを、凱の周囲の大人たち、特に両親はどう感じたのだろう。

そもそもそれほど料理人になる意思が固かったのなら、なぜ最初からその道に進まなかったのか。なぜ畑違いの医学部に進んだのか。なんてことを考えてしまうのは、ちょっと意地が悪いだろうか。

「まあ、お祖母さんの影響がかなり大きかったんじゃないかと思うんですよね。凱くん、子供の頃、父方のお祖母さんの家によく預けられていたみたいなんです」

「ああ、そういえばそんなことを言っていたな」

凱という名前も祖母がつけてくれたのだと、あの日河原で教えてくれた。

「そのお祖母さんが、フランス通だとか」

「はい。おれは直接会ったことないんですけど、噂《うわさ》ではものすごく上品できれいな人らしいです」

「へえ……」

「当時から超のつく美人だったけど、年を取ってますます品格が増しているのは、さすが元CAさんだって、親戚《しんせき》の叔父《おじ》さんが言っていました」

「CA?」

一哉は「ええ。国際線の」と頷いた。

凱の父方の祖母は、昔でいうところのモガ（モダンガール）だったという。数か国語を操り世界各国を飛び回っていた彼女の、一番のお気に入りの街はフランス・パリだった。

「凱くんが生まれた頃には退職していたみたいですけど、パリがどんなに素敵な街なのか、小さい頃からよく聞かされたって、凱くん言っていました。料理もすごく上手で、ブイヤベースとかオニオングラタンスープとか、よく作ってもらったって」

「そうだったのか……」

「自分の料理は、本格フレンチを学んだパリのレストランと、お祖母ちゃんが作ってくれた家庭的なフレンチ、その両方から同じくらい影響を受けているんだって、凱くんいつもそう言っています」

唯織は、上品で美しい老齢の女性を思い浮かべた。凱はきっと祖母に似たのだろう。

「やば、もうこんな時間だ」

腕時計に目を落とした一哉が、慌ててキャップを被った。

「オレ、そろそろ行きます。凱くん、基本優しいんですけど、遅刻には厳しいんで」

なんとなくわかる気がする。唯織は苦笑を浮かべて頷いた。

「シェフによろしく」

「はい。また近いうちにいらっしゃってくださいね」

「そうさせてもらうよ」

一哉は自転車に跨《また》がると「お待ちしています」と会釈をして去っていった。その背中を見送りながら、河原での会話を思い出していた。

『唯織さんは弱くなんかない。本当に弱い人間は、逃げますから』

そう言って凱は、空を見上げてため息をついた。

『俺は……逃げました』

何から、と尋ねようとして振り向いた先の横顔が、分厚い雲に覆われたように暗かったことを覚えている。

なぜ逃げたのか。その答えは思うより単純なものなのかもしれない。一度は家業に携わろうとしたのだけれど、やっぱり夢を捨てきれなかった——。そんなところなのだろう。一生の生業《なりわい》を選択するのに、十八歳という年齢は少しばかり幼すぎるのかもしれない。

——それにしても……。

おっとりとした人柄から育ちのよさが滲《にじ》み出ているのは感じていたが、大病院の御曹司だったとは。しかも本人も途中まで医師を目指していたというのだから驚きしかない。

「御曹司……ね」

声に出してみると、一抹の寂しさが胸に広がる。

幼少期は兄とふたりで祖母に預けられていたと言っていた。だからというわけではないが、どことなく自分と似たような環境で育ったのかと思っていたのだが、どうやらまるで見当違いだったようだ。

――ま、生まれはどうあれおれはおれ。凱は凱だ。

ネガティブな方へ曲がりそうになった思考を、慌てて軌道修正する。

人は親を選べない。けれど生き方は選べる。卑屈に生きるも、前向きに生きるも、結局のところ自分次第だと唯織は常々考えている。

凱はいいやつだ。凱の料理は美味い。凱といると心が休まる。

その事実と彼の出自は関係がない。

「さ、帰ったらプロットだ」

唯織は両頰をパン、と手で挟み、堤防道路を歩き出した。


その日、出先から戻ると、マンションのエントランスに人影があった。見覚えのあるシルエットに、まさかと思い足を止めた。

「よう」と片手を挙げた男。まさかの人物だった。

「恭介さん……」

「久しぶりだな。元気にしていたか」

「ご無沙汰しています。あの、今日は何か？」

別れた相手のところへ今さら何をしに来たんですか。喉まで出かかった言葉をぐっと呑み込む。唯織は努めて冷静に、傍らの元カレを見上げた。

「まあ硬い挨拶は抜きだ。行こう」

「はい？」

「こんなところで立ち話もなんだろ」

恭介は右手を唯織の背中に当てると、左手でエレベーターホールを指した。

一瞬、頭に血が上りそうになる。

——あのなぁ……。

硬い挨拶を抜くか抜かないか、立ち話をするかしないか、それを決める権限がなぜあなたにあるんですか！　そもそもおれの部屋に上がる前提って、一体どういう神経をしているんですか！　喉元までせり上がってきた暴言を、辛うじてこらえることができたのは、途中で思い出したからだ。

——そうだ。こういう人だった。

相手の都合などまるで気に留めず、あれよあれよという間に自分のペースに巻き込んでしまう。自分の提案に相手がＮＯを突きつけてくることなど想像もしないのだろう、自分が楽しい時は相手も楽しいと確信している。

その自信は一体どこから来るのか、いつか尋ねてみたかったのだが、その日より先に別れわり合う人々をみな虜にしてしまう。不思議な……本当に不思議な人だった。

「どうした」

気づけば恭介の顔をマジマジと見つめていた。

「……いえ」

「再認識したんだろ。こんなにいい男だったんだなと」

「……違います」

片頬がひくひくと痙攣《けいれん》する。

「じゃあなんだ。部屋が散らかっていたって、俺は気にしないぞ？」

部屋はそれなりに片づいている。嘆息しながら唯織はまたぞろ思い出した。この男は問題をすり替えるのが神がかりに上手かった。

「相変わらず薄暗いホールだな。照明を変えるように管理組合に掛け合ってみろよ」

スタスタと先を歩く恭介の背中を見ながら、唯織はそれほど激しく腹を立てていない自分に気づいた。凪《なぎ》とはいえないが、嵐ではない。恭介の登場が唯織の心にもたらしたのは、さざ波程度のわずかな揺れだ。

だから部屋へ上がることを許した。唯織の中で恭介が、百二十パーセント過去の男になっていると確認できたからだ。

「なんだ。ちゃんと片づいているじゃないか」

リビングに入るなり、恭介はあたりに視線を巡らせた。

「散らかっているなんて言っていません。——適当に座ってください。コーヒーでいいですよね」

恭介は「ああ」と迷うことなくソファーに腰を下ろす。かつて彼の定位置だった、ふたり掛けの東側だ。

「キリマンジャロはありませんよ」

彼が好んだ豆を、今はもう置いていない。

「なんでもいい。なんなら白湯《さゆ》でもかまわないぞ」

さすがに唯織は小さく噴き出し「モカがあります」とコーヒーサーバーに手を伸ばした。

「あ、新作読みましたよ」

先週、恭介の新刊が書店に並んだ。別れた恋人の著書であっても、面白い作品を読み逃すのは嫌だ。唯織は迷わずそれを手に取り、ひと晩で読み切ってしまった。

「お、ありがたいね。どうだった？」

「相変わらず面白かったです。腹立つくらい」

恭介は「あっはっは」と笑い、広い背中を背もたれに預けた。

「光栄だ。同業者に言われる『面白い』が一番嬉しい」

そっちはどうなんだと尋ねられたらどうしようと、一瞬手が止まったが、恭介はまったく関係のない話を始めた。昨年出版された短編集に収められた一作に、ドラマ化の話が出ているのだという。

「さすがですね」

唯織は淹《い》れたてのコーヒーを差し出す。長編だけでなく、恭介は短編も上手い。何を隠そう唯織自身も、彼の紡ぐエッジの利いた短編が大好きだ。素直に褒めたのに、恭介はどこか不機嫌そうにカップを手にした。

「どうしたんですか。キャストが気に入らないんですか？」

恭介クラスになると、キャストの希望もある程度聞き入れられる。しかし彼は首を横に振った。

「キャストじゃない」

「それじゃ何が……」

「位置情報殺人事件」

恭介が吐き出すように言った。唯織は「はい？」と首を傾げる。

「『位置情報殺人事件。恋と個人情報を天秤に？　～美人歯科医の危うい駆け引き～』……タイトルだ。ドラマの」

唯織は思わず「ええっ」と仰《の》け反《ぞ》った。

「もしかしてあの話ですか。位置情報を悪用した殺人のトリックを、歯科医が暴いていくっていう」

「ああ。あれだ」

「原作のタイトルは確か……」

「『夢の痕跡』。主人公は歯科医だが美人じゃない。そもそも女ですらない。しかしそれはまあいい。そういう類の変更は今に始まったことじゃない。定年間際の冴えない刑事を新人の美人刑事に変えたり、デブでハゲで性格のねじくれた弁護士を、やり手の美人弁護士に変えたり、とにかくテレビ局の連中ときたら、美人と付けておけば視聴率が取れると思ってやがるからな。しかしだ」

恭介は手にしていたコーヒーカップを、ガチャンと音を立ててソーサーに置いた。

「位置情報殺人事件ってなんだ。あの話の肝はスマホの位置情報共有ソフトだ。なのにそれをまんまタイトルに持ってくるって、一体全体どういうセンスなんだ？　唯織、お前理解できるか？」

唯織は苦笑しながら「できません」と首を振った。

「だろ？　だよな。普通はそうだ。理解不能だ。あいつらホント、揃いも揃ってバカなんだろうか。全員アッタマオカシイんじゃねえのかと思うわ」

恭介は側頭部の脇で指をクルクルと回した。あいつらというのはつまり、ドラマの制作に携わったテレビ局、制作会社、脚本家などを指しているのだろう。

口にした途端怒りが蘇ってきたらしく、恭介はありとあらゆる放送禁止用語を交え、いっそ小気味よいほどに関係者らをこき下ろした。

「タイトルってのは繊細なものなんだ。扱いには慎重に慎重を期す。わかるだろ？」

「ええ。よくわかります」

「俺の場合は特にそうだ」

「そうなんですか」

「ああ。なぜなら俺自身が繊細な人間だからな」

「っ……」

ええっ、と声を上げなかった自分を褒めてやりたい。この男が繊細だというなら、世界中から繊細でない人間は消えてなくなるだろう。

腹筋の震えを必死にこらえていた唯織だったのだが。

『自分で「おれって繊細なんだ」とか言う人は、大体繊細じゃないです』

凱の台詞が蘇り、ぷっと噴き出してしまった。

「ん？　どうかしたのか」

「……いえ別に」

訝る恭介に背を向けても笑いが止まらない。とうとう唯織は天井を仰いで「あはは」と声を立ててしまった。

「なんだよ。何が可笑しいんだ」

「なんでもありません……すみません……ふふっ」

「気持ちの悪いやつだな」

「それで、タイトル変えてくれって頼んだんですか？」

恭介は「いや」と肩を竦めて首を振った。

「本になった時点で、あの作品は俺の手を離れた。愛するわが子の子育ては完了している。二次使用に関しては、煮るなり焼くなり好きにしてくれというのが俺のスタンスだ。アホ丸出しのヘンテコリンなクソタイトルつけられちまったのも、あの作品が持っていた運だ」

サバサバした物言いが、いかにも恭介らしい。

――おれは、この人のこういうところを好きになったんだよな……。

甘さと苦さがいっぺんに込み上げてくる。

「ちっとも変わらないですね、恭介さん」

不意に呟いた唯織に、恭介はふっとその目元を緩めた。

「そうそう変わってたまるか。というか、お前はどうなんだ」

「……え」

「ちっとも変わらない――とは言い難いみたいじゃないか」

思いがけない角度からの変化球に対応できず、唯織は表情を硬くした。

「俺と別れたショックで書けなくなったという噂を耳に――」

「ガセです」

被せるように強く否定した。

「新刊の予定はないようだけど？」

「充電中なんです」

「充電を理由にしているらしい、という話も聞いた」

「誰からですか」

「情報源は明かせないが、確かな筋からだ」

捜査一課の刑事みたいなことを言いながら、恭介は唯織をじっと見据えた。珍しく真剣な眼差しだ。

「恭介さんだって、よく『充電が必要だ』って温泉とかスノボとかに逃亡しますよね。締め切りぶっちぎって」

「俺の充電はせいぜい二週間だ。一年半も充電を続けたことは――」

「コーヒーのお代わり持ってきます」

視線を逸らして立ち上がろうとした唯織の腕を、恭介がぐいっと摑《つか》んだ。

「なぜ相談してくれなかったんだ」

「その必要性を感じないからです」

「一年半もスランプなのに？」

「だからスランプじゃありません。充電です。じゅ、う、で、んっ」

ぷいっと顔を背けて恭介の手を振り払うと、唯織は空のカップをふたつ手にしてキッチンに向かった。恭介がハッと短く嘆息して立ち上がる気配がした。

「相談してくれたっていいじゃないか。水臭い」

声が近づいてくる。

「恭介さんともあろう人が、水臭いの使い方を間違えていますね」

すると恭介はポケットからスマホを取り出した。正確な意味を調べているらしい。

「親しい間柄なのに隔てをおく。他人行儀。――どこが間違っているんだ」

「次は『親しい』の意味を調べたらいかがですか。ついでに『他人行儀』の意味も」

振り返って睨みつけると、恭介は傷ついたような目をしたが、すぐにふっと口元に笑みを浮かべた。

「その威勢があれば心配ないか」

「……え」

「思ったより元気そうで安心した」

恭介は唯織の手から二杯目のコーヒーを奪うと、その場で美味そうに啜った。

「食事も喉を通らなくて、ゾンビみたいになってるんじゃないかと心配した」

「………」

どうやら噂を聞きつけ、わざわざ駆けつけてくれたらしい。根は優しい男なのだ。重度の浮気病さえ患っていなければ最高の恋人だったと思う。

「もしお前がゾンビになっていたら、特効薬を持っているのは俺だけだからな」

「特効薬があるんですか」

先輩作家は、スランプ脱出の秘儀を授けてくれるつもりだったのだろうか。期待に胸を膨らませた唯織だったが、恭介の答えはまたしても斜め上だった。

「お前がスランプから抜け出す方法なんて、ひとつしかないだろ。俺とよりを戻せばいい」

「なっ……」

唯織はあんぐりと口を開け、たっぷり十秒ほど沈黙した。

「あれから俺はずっと待っていたんだぞ？　なのにお前はさっぱり連絡をよこさない」

当たり前だ！　と怒鳴りたくなるのをなんとかこらえた。

唯織と別れて半年もしないうちに、恭介は涼とも別れることになった。そもそも涼は恭介と唯織の関係を知らなかったが、ひょんなことから自分が原因でふたりが破局したことを知り、ひどくショックを受けたという。

少しして涼本人から謝罪の連絡があったが、元より唯織は涼に対してなんの恨みも感じていない。一時は多少ぎくしゃくしたけれど、今では元通りの友人同士に戻ることができた。それだけが不幸中の幸いだった。なのに元凶の恭介ときたら。

「知ってますか？　失恋の特効薬は新しい恋なんです」

新しい、を強調した。

「残念ですが恭介さんは、おれの特効薬にはなれません」

ともすると沸騰しそうになる感情を抑え、唯織は告げた。

「俺の本命は今でもお前ひとりだけだ。お前だってわかっているだろ」

「ええ、わかっていますよ。本命はおれで、それ以外に恋人が何人いらっしゃるんでしたっけ？　セフレも合わせたら、両手両足でも足りませんよね？」

恭介の横をすり抜け、唯織はリビングに向かった。

「なあ、なんでそうツレナイこと言うんだ、唯織。まあそういうツンツンしたところがたまらないんだけど」

デレデレと後ろをついてくる恭介に、回し蹴りをお見舞いしたい気分だった。

「アメショだっけ？　学生時代のあだ名。なかなか的を射てるよな」

「顔面に引っかき傷を作られたくなかったら、そろそろお帰りください」

「追い出すのか。この俺を」

「部屋に入れて差し上げただけ、感謝してもらいたいですね」

「部屋に入れてもらって何もしないで出てきたことは、俺の人生においてただの一度もない」

「それじゃあ今日が記念すべき第一回となるわけですね。どうぞお帰りください」

取り付く島もない唯織の態度に、恭介は苦笑いしながら「唯織ぃ～」と猫なで声で肩に手をかけようとした。唯織はするりと身を翻す。

「ご心配いただいてありがとうございます。でも本当に大丈夫です。実は今書いているプロット、久々にいい感じなんです」

宍戸にプロットの概略を話したのは、一昨日のことだった。

『いいですね。面白そうです』

『いけそう……ですかね』

『いけそうな気がします。そのまま詰めてみましょう。楽しみにしていますよ』

電話の向こうで宍戸は声を弾ませた。彼のそんな反応は、書けなくなってから初めてのことで、唯織は久しぶりに体温が上がるのを感じた。

脳内にかかる靄は完全には消えていない。しかし靄の向こうの光は確実に明るさを増してきている。恐々ではあるけれど、自分を信じてゆっくりと一歩ずつ進もう。そう思えるようになってきたのだ。

「自信を持って書いたプロットは、大体通るもんだ。逆もまた然《しか》りだが」

「はい。なので特効薬は必要ありません」

「それは残……よかったな」

恭介が軽く肩を竦めた時だ。インターホンが鳴った。

——誰だろう。

宅配便が届く予定はなかったはずだけど、などと首を傾げながら液晶画面を確かめた唯織は、その場で思わずヒュッと息を呑んだ。

——凱……。

なぜ彼がここへ。

混乱する頭の片隅に、【フィナンシェの試食をお願いできないでしょうか】という先日のメッセージが過った。唯織は慌ててポケットのスマホを取り出す。

【フィナンシェの試作品が出来上がりました。ご在宅でしたら、近くを通るのでお届けしたいと思うのですがご迷惑じゃないでしょうか。玄関で失礼するつもりです】

十分前にメッセージが届いていた。サイレントにしていたので気づかなかったのだ。インターホンの通話をオンにすると、不安そうだった凱の顔がパッと破顔した。

『すみません。いきなり来ちゃって』

「いいんだ。こっちこそバタバタしてて、メッセージに気づかなくてごめん」

『お忙しいようでしたら出直しますけど』

「大丈夫だ。上がってきてくれ」

唯織は凱の返事も待たずにロックを解除すると、ダッシュで玄関に向かった。そして沓脱《くつぬ》ぎにある恭介の革靴を掴み、リビングへ駆け戻った。

「恭介さん、ちょっとの間隠れててください」

「はあ?」

「早く。こっちです」

目を白黒させる恭介に靴を押しつけると、唯織は彼を寝室のクローゼットの前に連行した。

「なんだ、どうしたって言うんだ、急に」

「事情は後ほど。さあ、早く」

「お、お前、まさかここに入れと」

「ちょっとの間ですから」

「ふざけるな。なんで俺が」

「帰りたくないんですよね? だったら少しの間我慢してください」

クローゼット内の洋服を一方向に寄せ、隙間に恭介の大きな身体を押し込んだ。

「おいっ、唯織、正気か」

「正気です。ごめんなさい、ほんの二、三分だけ我慢してください」

拝むように手刀を切り、クローゼットのドアを閉めたところで呼び鈴が鳴った。「はーい」と無駄に明るく叫び、唯織は玄関に向かった。

ドアを開くと凱が立っていた。試食用のフィナンシェが入っているのだろう、小さな紙袋を携えている。

「本当にすみません。ご迷惑じゃなかったですか」

おずおずと尋ねる凱の表情に、唯織はなぜかすっと身体の力が抜けるのを感じた。突然現れた元カレへの対応に、思いのほか神経を使っていたのかもしれない。

「迷惑なんかじゃないよ」

「だったらよかったです」

安心したように、凱がふわりと笑った。

恭介と過ごす時間は、いろいろな意味で刺激的だ。同業ゆえに話題にも事欠かないし、先輩作家からの的確なアドバイスに助けられたことも一度や二度ではない。それはそれで有益だし楽しいのだけれど、正直心が休まる暇がないのも事実だ。

待ち合わせて、飲んで食べて、会話を楽しんで、身体を重ねて——。それだけでは埋められない心の隙間があるとしたら、埋めることができるのはこの陽だまりのような笑顔だけかもしれないと思う。

「忌憚《きたん》のないご意見をお願いできればと」

凱が紙袋を差し出す。隙間から中身を覗き込んだ唯織は、「楽しみだな」と頰を緩ませた。

「ん？　なんか載ってるな」

キツネ色に焼かれたフィナンシェの上に、さらに色濃く焼かれた何かが載っている。かなり特徴的な形だ。

「これは……蓮根？」

「はい。ローストした蓮根です。食べていただくとわかると思いますけど、生地にもすりおろした蓮根を混ぜ込んであります」

「へえ、フィナンシェに根菜か」

「この間唯織さん、蓮根のきんぴらをすごく美味しそうに召し上がっていたので」

凱はちょっと照れたように首の後ろを掻いた。確かにあの日ご馳走になった料理の中で、一番もりもり食べたのは蓮根のきんぴらだった。ひとりであらかた平らげてしまった。

——よく見てるな。

「ありがとう。楽しみに試食させてもらうよ」

「お口に合うといいんですけど。緊張します」

「大丈夫。合う気しかしない」

「だといいんですけど」

凱が微笑んだ時だ。部屋の奥でガタンと物音がした。

唯織は身体を竦ませ、鋭く背後を振り返った。腋《わき》を冷や汗が伝う。よもやと覚悟したがしかし、そこに恭介の影はなく、唯織は心の中で盛大なため息をついた。

「誰かいらっしゃるんですか？」

「まさか。し、寝室のカーテンを開けてたから、風で何か落ちたのかも」

しどろもどろな言い訳だったが、凱は「そうですか」と笑顔のまま頷いた。

「それじゃ、そろそろ失礼します」

「お茶でも飲んでいけと言いたいところなんだけど、仕事が半端で……悪いな」

「とんでもない。お仕事の続き、頑張ってください」

「ああ。ありがとう」

軽く手を振り、凱は帰っていった。

広い背中がエレベーターホールに消えるのを待って、唯織はバタバタと寝室へ向かった。

ドアを開けると、恭介は靴を手にしてベッドの端に腰掛けていた。さっきのガタンは案の定、彼がクローゼットの扉を開ける音だったのだ。

「窒息しそうだった」

恭介はジロリと唯織を睨み上げる。

「すみませんでした」

「二、三分じゃなかった」

恭介が子供みたいに口を尖《とが》らせるものだから、申し訳ないと思いつつ笑ってしまった。

「本当にすみませんでした」

「失恋の特効薬は新しい恋、か」

「え？」

「お前はすでに特効薬を手に入れていたってわけだ」

一瞬遅れて恭介の言いたいことを理解した唯織は、ぎょっと目を剥《む》いた。

「ちっ、違います。何言ってるんですか」

「とぼけるな。俺はな、お前のことはお前よりよくわかっているんだ」

「勝手なことを言わないでください」

「どこの誰なんだ？　話を聞いた限りでは料理人かパティシエだな？　でもって年下だろ」

凱との会話をちゃっかり全部聞いていたらしい。唯織は仕方なく、凱が近くのビストロのシェフであることを話した。

「年下のシェフねぇ。俺ほどじゃないが、なかなかのイケメンじゃないか」

「ちょっ、覗いたんですか！」

唯織はもう一度、さっきより大きく目を剥いた。

「チラッとだけだ。あっちは気づいちゃいない。お前は本当に面食いだな」

「ですから、別にそういう関係じゃ」

「じゃあどういう関係なんだ。ただの客に試食を頼むか？　しかも自宅まで訪ねて？」

「それは……」

押し黙った唯織の前で、恭介はふっと微笑んだ。

「さてと、そろそろ帰るとするか」

「下まで送ります」

「おやおや殊勝だな。どういう風の吹き回しだ」

別れを惜しむ恭介を、唯織はいつも玄関までしか送らなかった。

「クローゼットにお入り願ったお詫《わ》びです。ホント、すみませんでした」

頭を下げると、恭介は「あはは」と声を立てて笑った。

エントランスホールの扉が開くと、乾いた秋風が吹きこんできた。乱れた髪を軽く撫でつけながら、恭介がゆっくりと振り返った。

「心配して損した」

「だから、あいつとはそういうんじゃなくて」

同じやり取りの繰り返しに、唯織は苦笑する。

「お前はどう思っているのか知らんが、あっちは本気なんじゃないかな」

「…………」

「俺にはわかる。あいつはお前に惚《ほ》れている」

「…………」

気づいています。答えを呑み込んで、唯織は顔を上げた。

「素直になれ、唯織。お前は余計なことをぐちゃぐちゃ考えすぎるところがあるからな。たまには本能の赴くままに動いてみろ」

「〝本能の赴くまま選手権〟があったら、恭介さん間違いなく優勝ですね」

「俺もそう思う」

しれっと頷く恭介と、顔を見合わせて笑った。

「気をつけて帰ってくださいね」

恭介は「ああ」と頷き、片手を挙げて去っていった。

部屋に戻ると、テーブルに置かれた紙袋が目に入った。コーヒーを淹れ直し、早速一切れ手に取る。

「ん……美味い」

上品な甘さの中に蓮根の素朴な風味がいい具合に混ざっている。トッピングの蓮根の食感も面白くて、気づけば立て続けにふたつ平らげていた。初めて食べるはずなのにどこか懐かしい、優しい味だ。

凱はどんな顔でこれを焼いたのだろう。

シェフ然とした真剣な横顔を想像したら、心臓がトクンと小さく鳴った。

『そっか。決めちゃったのか』

甘ったるい声だった。凱の部屋で眠ってしまう直前のことだ。

『残念だな。俺なら……』

背中に毛布が掛けられるのを感じながら、唯織は聞いた。

『俺なら……絶対にあなたを悲しませたりしないのに』

眠りの淵に落ちる直前、凱はそう囁いた。後になって思い出したのだ。

聞き間違いだったのかもしれない。半ば眠っていたのだから。

——それでも……。

嬉しかった。素直に、けれどどこか遠慮がちに凱が寄せてくる思いが嬉しい。そしてそんなふうに感じてしまう自分に、唯織はひどく戸惑っている。

恋はしない。そう決めたのは自分だ。

——でも、あいつとなら……。

『俺にはわかる。あいつはお前に惚れている』

先刻の恭介の台詞が蘇る。

「本能の赴くまま……か」

凱の笑顔を思い出しながら、唯織は三つ目のフィナンシェに手を伸ばした。口いっぱいに広がった甘さが、胸の一番奥にまで沁みていくような気がした。

やむにやまれぬ事情で元カレをクローゼットに閉じ込めた次の日、唯織は涼音を連れて『GAI』を訪れた。恭介を見送った後、涼音から【急なんだけど明日取材に行ってもいいかな】と連絡があり、凱に都合を訊いたところ【大丈夫です】と返信があったのだ。

十四時半までのランチタイムが終わるのを待って、一時間ほど取材が行われることが決まった。涼音、凱、双方からの要望で唯織も同席することになった。

「唯織くんっ」

秋雨のそぼ降る午後、待ち合わせ場所に選んだコンビニの前には、ピンク色の傘をクルクル回す涼音の姿があった。軽く手を挙げて破顔する彼女に、唯織も笑顔で応える。

「ごめん。待たせた」

「私も今来たところ」

「先に入ってればよかったのに」

「小雨だもん。それにまだ五分前だし」

「行こうか」

コンビニの駐車場を並んで歩く。すぐ真横が『GAI』だ。

「ああ、なんか緊張してきた」

「涼音さんでも緊張するんだ」

「あ、ひどーい。どういう意味よ」

涼音が口を尖らせる。面と向かって告げたことはないが、そんな表情はなかなかにチャーミングだ。

「大丈夫、珍獣はいない。すごく気さくなシェフだよ。ついでに若くてイケメンだ」

「若くてイケメン……珍獣より百倍緊張するわ」

無駄話をしているうちに、『GAI』の入り口に着いてしまった。傘を畳んでいると、ドアが開いて凱が顔を覗かせた。後ろで涼音が息を呑むのがわかった。想像以上の美男子の登場に、さしもの珍獣ハンターも目を丸くしているのだろう。まあその気持ちはわかるなと思ったら可笑しくなった。

「いらっしゃいませ。雨の中ようこそ」

恭《うやうや》しく一礼する凱の姿につい見惚れてしまうのは、唯織も同じだった。

『あいつはお前に惚れている』

恭介の台詞がまたぞろ蘇り、唯織は軽く頭を振った。

「少し早かった」

悪いな、と唯織が言うと、斜め後ろで涼音も頭を下げる。

「構いません。どうぞお入りください」

凱に促され、店の中に入る。ランチタイムの残り香が鼻腔を擽った。どうしても単位を落とせない講義があるとかで、一哉の姿はなかった。

「初めまして。この度は突然の取材の申し出を快くお受けくださりありがとうございました」

「とんでもない。取材なんて初めてで、光栄です」

涼音と凱が名刺を交換する。

「神崎凱さん。素敵なお名前ですね」

「そんな」

照れたように微笑んでいた凱だったが。

「箕浦……涼音さん」

渡された名刺に視線を落とした瞬間、凱の表情が変わったように見えたのは気のせいだろうか。

「はい。今日はよろしくお願いします」

「こちらこそ……よろしくお願いします」

答える凱の表情が心なしか引き攣っている気がする。視線はいつしか手元の名刺から、目の前の涼音に真っ直ぐに注がれていた。

「あの……何か?」

じっと動かない凱を訝るように、涼音が尋ねた。

「あ、ああ、いえ、なんでもありません。ちょっと緊張しちゃって」

あからさまに動揺した様子で凱が「ははっ」と笑う。

「実は私もめちゃくちゃ緊張してます」

「お互いさまですね」

「ですね」

涼音も釣られたように声を立てて笑った。一気に打ち解けたふたりの雰囲気に、唯織はひとり取り残されたような気分になる。

「早速ランチをご用意します。奥のお席へどうぞ」

「ありがとうございます」

「狭いので足元にお気をつけください」

涼音を誘う凱の様子も、心なしかいつもと違って見える。動きはしなやかだし、気遣いにもそつがない。けれど確実に何かがおかしいと唯織は感じていた。

「本当にイケメンでびっくりした」

凱が厨房に入るのを待って涼音が囁いた。「だろ?」と答えながら、唯織は落ち着かない。

すぐにメニューを手にして凱が出てきた。

「Aランチが『牛のタルタル』です。ミンチ状にした生の牛肉に、玉ねぎとケッパーを混ぜて固形にしたものです。生卵と混ぜて召し上がっていただきます。Bランチは『ブイヤベース』です」

「サラダとデセールとドリンク付きで、税込千二百円ですか。良心的ですね。ぶっちゃけ儲《もう》けは出ているんですか？」

「そこは企業努力でなんとか」

早速飛び出した突っ込んだ質問にも、凱はさらりと答えた。

ただ、その視線はメニューを見つめる涼音の横顔をずっと捉えている。

——凱……？

「私はBランチ。ブイヤベースにしようかな」

「かしこまりました。唯織さんは？」

「おれは……Aにする」

見上げた凱と目が合った。しかしそれはほんの一瞬のことだった。一秒後には、凱の視線はまた涼音に注がれていた。

——もしかして、そういうことなのか？

涼音が店に入ってから、正確には名刺を交換してからずっと、凱は涼音だけを見ている。いつも自分に向けられる熱の籠った視線を、今日は一度も感じないのだ。

不意に過った思いをしかし、唯織は咄嗟《とっさ》に否定した。

——まさかな。

「とっても楽しみ。そういえば本格的なブイヤベース、久しぶりだわ」

凱がふたたび厨房に消えると、涼音がうきうきした声で言った。

「唯織くん、ここのブイヤベースを食べたことは？」

「……え？」

凱の背中を見ていた唯織はうわの空だった。

「やだ、ボーっとして。ここのブイヤベース食べたことあるかって訊いたの」

「あ……悪い。あるある。絶品だ。ほっぺたが落ちないように気をつけた方がいいよ」

大慌てで〝秘儀・笑顔の鉄仮面〟を装着した。どうにか間に合ったようで、涼音は「お腹空いてきちゃった」と肩を竦めた。

ほどなく料理が運ばれてきた。それ以降は、時折不自然な視線を涼音に送ることを除けば、凱の態度に変わったところはなかった。

デセールを食べ終わったところで、唯織は「おれはこれで失礼するよ」と席を立った。

「え、うそ、唯織くん、帰っちゃうの？」

取材はこれからなのにと、涼音が慌てた。

「ゆっくりしていってくださいよ、唯織さん」

涼音と凱が同時に慌てた声を上げた。唯織は軽く首を振った。

「実は昨夜くらいからプロットがいい感じに進み始めていて、波を逃したくないんだ。最後まで付き合えなくてごめん」

「そうだったんだ……こっちこそ無理を言って付き合ってもらってごめんなさい」

涼音がシュンと項垂れた。

「いいんだ。おれも久しぶりにここのランチが食べたかったし」

牛のタルタルは、とても美味しかった——のだと思う、多分。ただ実のところ、ほとんど味がわからなかった。

凱が扉を開けてくれた。

「ご馳走さま。美味しかったよ」

「……ありがとうございます」

複雑な様子で凱が応える。そのぎこちなさが、唯織の胸を締めつけた。

「あの、唯織さん」

「どうした」

凱は一瞬、奥の席に視線をやった。

「……いえ、なんでもないです」

「もしかしてお前、涼音さんのこと知っているのか」

思い切って尋ねてみたのだが、凱は「え?」と驚いたように目を見開いた。

「し、知りません。今日初めてお会いしました」

「……そうか」

だったらどうしてそんな顔をするんだ。なぜそんなに彼女を気にするんだ。

口を衝いて出そうになった台詞を呑み込み、唯織は「じゃあな」と外へ出た。

自分がいなくなった途端に、ふたりが突然親密な会話を交わし始めるような気がして、どんどん足早になる。カラン、と扉が閉まる音を背中で聞きながら、唯織は一歩ごとに心が沈んでいくのを感じていた。

——つまり、そういうことなんだな。

凱は感情を隠すのが下手だ。喜びも、驚きも、焦りも、瞳の奥から溢れ出すように伝わってくる。だから気づいてしまった。彼が涼音を見つめる瞳に、ただならぬ思いが込められていることに。

いつも自分に向けられる、ほんのりと温かい視線とはどこか違っていた。伝えたい思いがあって、だけど伝えることを躊躇《ちゅうちょ》している。そんなふうにも見えた。

もしかするとふたりは知り合いだったのではないかとも思った。元カノが突然現れたりしたら、挙動不審になるのもわかる。しかし凱は否定した。その言葉にうそはないだろう。何より涼音の様子を見ていれば、凱と初対面だったことは明白だ。

——やっぱりそういうことなのか、凱。

涼音は間違いなく美人の部類に入る。本人は決して口にしないが、彼女を気に入っている男性が少なくないことは唯織も知っている。凱が彼女にひと目惚れしても、なんの不思議もないのだ。

――でも……。

お前はおれに惚れているんじゃなかったのか？

湧き上がってきた思いの身勝手さに、唯織は思わず苦い嗤いを浮かべた。恋はしないと決めた。それなのに凱の気持ちは素直に嬉しい。いつの間に自分はこんな傲慢で自己中心的な人間になっていたのか。

雨脚が徐々に強くなってきた。濡《ぬ》れる前に自宅マンションが見えてきてホッとした。

玄関でスニーカーを脱ぐ。雨を含んでずっしりと重い。

椅子に腰掛けパソコンを立ち上げた。プロットが進んでいるというのはうそではなかったのに、キーボードに乗せた指はまったく動こうとしなかった。唯織はのろりと立ち上がり、キッチンで水を飲んだ。冷たい水が食道から胃に落ちていくのを感じながら、壁の時計を見上げた。

取材は上手くいっているだろうか。会話は弾んでいるだろうか。自分の抜けた店内でふたりが笑顔を交わす様子がチラつく。唯織は残りの水をごくごくと飲み干した。

雨脚がさらに強くなってきた。ふと涼音の帰り足が心配になったその時だ。パソコンデスクの上に置いたスマホが鳴った。涼音からのメッセージだった。

【取材、無事に終わりました。今電車に乗ったところ。今日は忙しいのに付き合ってくれてありがとう】

唯織は返信をする。

【お疲れさま。雨、大丈夫だった?】

返信はすぐに来た。

【駅まで神崎シェフが送ってくれたから大丈夫よ。なんと明日、お茶に誘われちゃったの。えへへ?】

ガタン、と音がした。スマホがデスクに落ちた音だった。

よかったじゃないか。すぐに返信しなくてはと思うのに手に力が入らない。

——まただ……。

『さようなら』

不意に脳裏に響いた声。一年半前、恭介に告げた自分の声だった。

閉じ込めておいたはずの苦い記憶が蘇る。また同じ過ちを繰り返してしまった。

恋などしないとあれほど強く心に決めたのに。気づいた時には凱を好きになっていた。

唯織はキッチンの棚からバーボンの瓶を取り出した。琥珀《こはく》の液体をグラスに注ぐと、一気に喉に流し込んだ。日が高いうちからアルコールに手を出すことはないが、今日の空には日などどこにも見当たらない。黒く分厚い雲から冷たい雨が降っているだけだ。

ひりつく喉に顔を顰めながら、ふうっと長いため息をつくと、やさぐれた気分に拍車がかかった。頭の中でまとまりかけていたアイデアが、すべて霧散していく。

――どうしてなんだ、凱。

好きだとはっきり告げられたわけではない。それなのに寄せられる気持ちの純粋さを信じることができた。不器用だけど誠実で温かな思いを、肌で感じることができた。背中を向けていた恋に向き合ってみようかと、心が動き始めたところだったのに。

スマホを持ち上げる。こんなに重かったっけと思いながら【ＧＯＯＤ】マークのスタンプを送信した。

窓の外のけぶるような街をうつろに見やりながら、唯織はグラスに二杯目のバーボンを注いだ。


ひどい頭痛で目が覚めた。壁掛け時計の時刻は昼過ぎを指していた。カーテンの隙間から細い光の筋が伸びている。雨は止んだようだ。

昨日、夕方の早い時間から飲み始め、結局ひと晩でボトルをあらかた空けてしまった。長時間ひとりで飲む酒は、身体《からだ》以上に心を蝕《むしば》む。シャワーを浴びて身支度《みじたく》をしても、気分は優れないままだった。

それでも気持ちを奮い立たせてパソコンを開いた。しかし動き出したマシンとは裏腹に、脳は停止したまま活動を始める気配はない。何か腹に入れた方がいいだろうかと思うけれど、食欲はまったくなかった。

パソコンデスクとソファーを何度も往復するうち、また夕刻がやってきた。プロットは一行も進んでいない。

「わかっちゃいたけど、これほどとは……」

唯織《いおり》はソファーに横たわり、重く長いため息をついた。

『唯織さんは弱いんじゃなくて、繊細なんですよ』

あの日凱《がい》は、河原でそう言ってくれた。けれど自分の中にどうしようもないほど脆《もろ》い一面があることは、唯織自身が一番よくわかっていた。

『起きてしまったことを認めて、反省して、もう一度立ち上がる。そういう心の再構築みたいなことが、中学生の唯織さんにはちゃんとできた。それって立派なことだと思います』

凱の真摯な声が耳元で蘇る。表情ひとつ変えずに聞いていたけれど、唯織の心はうずうずと甘い疼《うず》きを覚えていた。ただ同時に、凱の分析が半分間違っていることにも気づいていた。

中学時代の唯織は、確かに立派だったかもしれない。あの頃の自分に会うことができたら「お前、サッカー続けて偉かったな」と頭をくりくりしてやるだろう。しかし三十一歳の唯織は、立派とはほど遠い。

恋を失い、傷つき打ちひしがれて、仕事がままならなくなった。自分ではどうすることもできず焦りがピークに達した頃、目の覚めるようなアドバイスをもらった。書けそうな気がした。プロットが進み出した。新しい恋の予感も。

浮上し始めた心はしかし、ほどなくふたたび地に落ちた。呆気《あっけ》ないほどに。あまりにも脆弱な自分の精神構造に、唯織はかつてないほどの自己嫌悪に陥った。

心の再構築と凱は言った。中学生の頃には出来たそれが、今の自分には出来ない。とても出来そうにない。

——傷つくのはもうゴメンだ……。

無意識に浮かんできた思いにハッとした。なぜ傷つくと決めているのだろう。凱の気持ちを確かめることもせず、初めから逃げる準備をしている。このままでは中学時代の自分に笑われてしまう。

——出来るだろうか、今の自分にも。

唯織はもそもそとソファーから起き上がると、傍らのスマホを手にした。

ドクドクドクと鼓動がうるさい。

【イケメンシェフとのお茶はどうだった？（笑）】

数分考えて、涼音《すずね》にメッセージを送信した。

現在の時刻は十六時。店休日以外で凱が店を空けられるのは、ランチタイムの終わる十四時半から、ディナータイムの始まる十八時までの間だ。昨日の取材も十四時半からに設定した。ディナーの仕込み時間に鑑みれば、凱は涼音とのお茶を終えてそろそろ『GAI《ガイ》』に戻っているはずだ。

すぐに返信があった。

【十分前に駅前で別れたところ】

やはりふたりは今日会っていたのだ。わかっていたこととはいえ、胸がずんと重くなる。

しかし続いて届いたメッセージの文面は、唯織が想像もしない内容だった。

【実は今度の月曜日、もう一度神崎《かんざき》くんと会う予定です。ちょっといろいろあって、詳しい事情を私から話すのは憚《はばか》られるので、後で神崎くんから直接聞いてください】

「え……」

唯織はくらりと目眩《めまい》を覚えた。今日に続いて明後日もまたふたりは会うのだという。

「なんで……」

思わず呟《つぶや》いた。しかしその疑問がいかに意味のないものなのか、次の瞬間にははっきりと理解していた。

昨日初めて会ったふたりが、立て続けにデートをする。理由などひとつしかない。ふたりが互いに惹かれ合ったからだ。

凱はひと目で涼音を気に入り、涼音もまた凱を気に入った。それ以外にどんな理由があるというのだ。

「参ったな……」

ハハッと乾いた嗤《わら》いが漏れた。

詳しく話すのが憚られることがふたりの間に起きたのは、どうやら間違いのないことらしい。事情の内容など、どんなに鈍い人間だって察しがつこうというものだ。あっけらかんとした性格の涼音にしては珍しく文面が硬いことも、唯織の推察が正しいことを示している。

「そっか、あのふたりがね」

引き合わせた身としては、一番に祝福の言葉を送ってやらなければならないのだろうけれど、あいにく唯織はそんな菩薩《ぼさつ》のような寛大な心は持ち合わせていない。もし今ここに凱がやってきて、涼音さんとお付き合いすることになりましたなどと、あのちょっとはにかんだような笑顔を向けられたりしたら、胸倉を摑《つか》んで喚《わめ》き散らしてしまうかもしれない。

なんでだよ。なんでそうなるんだよ。お前はおれのこと気に入ってくれてたんじゃなかったのかよ。わけわかんねえよ、と。

どうやらとんだ思い上がりだったらしい。『あいつはお前に惚《ほ》れている』と恭介《きょうすけ》に言われた時、否定する気持ちにはなれなかった。唯織自身も多分、出会う前に戻るのが難しいくらい凱に惹かれている。その自覚が、悲しいほど強くあったから。

――バカなのか、おれは。

どう返信したらいいのか途方に暮れ、唯織はスマホをテーブルに投げ置いた。そのままふたたびソファーに横たわると、仔猫のように背中を丸めて目を瞑《つぶ》った。

一年半前と同じことを繰り返してしまった。涼《りょう》に恭介を奪われたように、今度は涼音に凱を攫《さら》われた。紹介したのは自分だ。そして涼にも涼音にも悪気は一切ない。しかも自分と凱とは恋人関係ですらないのだから、彼に対して怒りを覚えるのはお門違《かどちが》いもいいところだ。

もはやため息すら出ない。鬱々《うつうつ》とした気分のまま、唯織はいつしか浅い眠りの中にいた。


スマホの着信音で起こされたのは、午後十一時を過ぎた頃だった。寝ぼけ眼《まなこ》で手にしたそれには、案の定の名前が表示されていた。少し迷って、唯織は電話に出る。

『唯織さんですか。俺です。凱です。夜分に申し訳ありません』

「……ああ」

掠れた声が、弱った心の象徴のようだ。唯織はひとつ咳《せき》ばらいをする。

「どうした」

『はい、あの……』

「あ、そうか、フィナンシェの感想がまだだったな」

スマホの向こうから『えっ』と戸惑った声が聞こえた。

「あれ、めちゃくちゃ美味《うま》かったぞ。蓮根《れんこん》が焼き菓子になろうとは予想もしていなかった。あんまり美味くてあの日のうちに全部――」

『違うんです』

捲《まく》し立てる唯織を凱が遮った。

『フィナンシェの感想じゃなくて』

「じゃあなんだ」

真面目《まじめ》くさった声で尋ねておいて、その茶番感に脱力した。フィナンシェの味の感想を聞くために、こんな夜中に電話をしてくるわけもないとわかっているのに。

『実は……ちょっとお尋ねしたいことがあって』

訊《き》きたいこと？　報告したいことじゃなくて？　言葉には出さず、唯織は首を傾《かし》げる。

「なんだ」

『電話ではちょっと……』

スマホ越しに伝わってくるのは、凱らしいいつもの照れではなく、奥歯に物が挟まったような、妙な歯切れの悪さだった。

――そりゃそうなるわな。

あれだけ全身から「あなたが好きです」オーラを放っておきながら、たったの一日で手のひらを返したように別の人にベクトルを向けたのだ。奥歯に物も挟まろうというものだ。

「電話で話し難《にく》いなら、明日にしないか。今日はもう遅い」

『そうなんですけど……実は今、下なんです』

「下？」

『マンションの下まで来ているんです。唯織さんの部屋、電気が点《つ》いているのが見えたので。消えていたらそのまま帰ろうと思ったんですけど』

そう言えばカーテンを開けたままだった。唯織は慌ててベランダに飛び出した。するとマンションのすぐ近くを走る道路に人影があった。外灯に照らし出されたシルエットは、七階からでも凱のそれだとわかった。

『すみません……非常識だということはわかっているんですけど』

わかっているなら来るなよ、とは言えなかった。涼音からのあんなメッセージを読んだ後だというのに、凱の姿を目にした途端、唯織は心の一番柔らかい部分が微《かす》かに震えるのを感じた。

『まだお休みでなかったら、十分……いえ、五分でいいのでお時間をいただけませんか』

「…………」

嫌だ。聞きたくない。過《よぎ》った思いをしかし、会いたい気持ちが追い越していく。たっぷり十五秒逡巡《しゅんじゅん》した後、唯織は「玄関でいいなら」と答えた。

ドアを開くと凱が立っていた。フィナンシェの試作品を届けにきてから三日しか経っていないのに、あの時とは別人のように深刻な表情がそこにはあった。

「本当にすみません、こんな時間に」

「……入れ」

凱は後ろ手にドアを閉めると、玄関の三和土《たたき》に立った。十数センチ高いところに立つ唯織と、ちょうど視線が合う。

「何なんだ。おれに訊きたいことって」

凱は項垂《うなだ》れていた顔をゆっくりと上げると、苦しそうに何度か言いあぐねて、ようやく口を開いた。

「あの人……なんですか。唯織さんの元カレって」

「元カレ？」

「俺がフィナンシェの試食を届けた日です。唯織さんの部屋に来ていた……」

唯織は「あっ」と小さく声を上げた。

「見たのか」

凱は「いいえ」と首を振った。

「部屋にいるところは見ていません。俺が見たのは、唯織さんとその人が揃《そろ》ってエントランスに出てきたところです」

あのまま真《ま》っ直《す》ぐ帰宅したと思っていたのに。凱はしばらくマンション近くの物陰から様子を窺《うかが》っていたのだという。

「どうしてそんなことを……」

「匂いがしたんです」

凱は呟くように答えた。

「匂い？」

「あの日、唯織さんの部屋のドアが開いた瞬間、ふわっと漂ってきた匂いが……唯織さんのじゃなかった」

「おれの匂いって……」

頬《ほお》がカッと熱くなるのがわかった。凱はいつ自分の匂いをその脳裏に刻み込んだのか。

「すみません。なんか変態っぽいですよね。職業柄、匂いには敏感で」

「どんな匂いがしたっていうんだ」

「なんていうか……強烈な雄の匂い？」

強烈な雄。天才シェフの嗅覚はやはり優秀らしい。

「それだけじゃありません。カーテンを開けてたから風で何か落ちたのかもって、唯織さんは言ったけど、俺はなんとなく、奥に誰かいるような気がしたんです」

「………………」

嗅覚だけでなく勘も鋭いようだ。

唯織が物音の言い訳をした時、凱は笑顔で「そうですか」と頷《うなず》いていた。てっきり上手《うま》くごまかせたと思っていたのに。

「あの人が唯織さんの元カレなんですよね」

もはや白を切る気も起きず、唯織は静かに頷いた。

「やっぱり……」

凱が唇《くちびる》を噛《か》んで項垂れる。

「一年半前に別れた人が、なぜ唯織さんの部屋にいたんですか」

「おれが書けなくなっているらしいって噂《うわさ》を聞いたんだそうだ」

「心配になって駆けつけてきたってわけですか」

「そんな大袈裟《おおげさ》なことじゃない。単に様子を見に来たんだ」

「よりを戻すんですか」

凱が顔を上げた。瞳の奥の光が、頼りなく揺れている。

「何をバカなことを」

「ちゃんと答えてください」

「戻すわけないだろ。おれがどんなフラれ方をしたか知ってるだろ」

「じゃあどうして部屋に入れたりしたんですか」

「部屋に上げても何も起きないという確信があったからだ。それくらい、おれのあの人に対する気持ちは完全に冷めているんだ。百二十パーセント終わったことなんだ」

それは偽らざる気持ちだった。そうでなければあんなふうに笑って話すことなどできない。

「どうかな」

「どうかなって？」

「唯織さんは割り切っていても、向こうもそうだとは限らないじゃないですか」

「どういう意味だ」

唯織はぎゅっと眉根《まゆね》を寄せる。

「別れた、しかも自分が手ひどく振った相手の家を訪ねるなんて、並大抵の神経じゃできないことです」

「確かにあの人は並大抵の神経じゃない。いろんな意味で」

「茶化さないでください」

「茶化してなんかいない」

思わず苛《いら》ついた口調になってしまう。

三日前までの唯織なら、もっと素直な対応ができた。ヤキモチなんて妬きやがって、可愛《かわい》いやつめと目を細めただろう。けれど凱の気持ちが本当は誰に向かっているのかを知ってしまった今、彼のヤキモチや詮索を、大人《おとな》の余裕で聞き流すことなどとてもできなかった。

「お前、おれにイチャモンつけるために来たのか。わざわざこんな時間に」

「イチャモンって……」

そんなふうに、ひどく傷ついた顔をするのは卑怯《ひきょう》だと思う。傷ついているのはこっちの方だという卑屈な思いが、唯織の口調をさらに尖《とが》らせた。

「おれが誰と付き合おうと、別れようと、よりを戻そうと、お前になんの関係があるんだ。おれが誰を部屋に入れようが、おれの自由だろ」

「唯織さん……」

凱が息を呑《の》むのがわかった。唯織はわざと大袈裟なため息をついてみせた。

「そういえばお前、神崎総合病院の御曹司なんだってな」

思い出したように告げる。凱は不意を突かれたようにハッと顔を上げた。大きく目を見開いたその顔に、どうして知っているんですかと書いてある。

「この間、一哉《かずや》くんから聞いた」

「そう……でしたか」

両親が共働きで、兄とふたりで祖母の家によく預けられていたと言っていた。その兄も病気で亡くなってしまったと。母子家庭で育った唯織は、凱の育った環境に少なからずシンパシーを感じていた。あの拠《よ》り所《どころ》のない寂しさを、凱も知っているに違いないと。

けれどふたりの生育環境はまったく違っていたのだ。少なくとも凱は、月末まで米びつに米が残っているかを心配したことはなかっただろう。母親に気を遣わせないように食欲がないふりをして、おかずを翌日まで持ち越した経験もないだろう。

「なんかちょっとびっくりだったわ。お前、そんなこと全然言わなかったから」

「すみません……隠していたわけじゃなくて、機会がなくて」

凱はそう言うが、唯織には彼が意図的に実家の話をしなかったように思えてならなかった。

「今度あらためて話します」

「別にいい」

「いえ、話します。唯織さんにはちゃんと知っておいてほしいので」

「だから別に……」

聞きたくない。

幼稚な反発の台詞《せりふ》をぐっと呑み込んだ。何を「ちゃんと知っておいてほしい」のか唯織には見当もつかないが、知りたくないわけでも興味がないわけでもない。凱のことならなんでも知りたい。この期に及んでその気持ちが速度を増して強くなってくるから困ってしまう。

孫のためにせっせと料理をする祖母の姿に、自分の母親を重ねたりもしたけれど、そもそも凱の祖母は国際線のＣＡだったのだ。夫に先立たれ、自分の趣味もオシャレも二の次にしてひとり息子《むすこ》を育て上げた母とは、別の世界に生きる人間なのだ。

――いや、そんなことじゃないんだ。

贅沢《ぜいたく》はできなかったけれど、幼い頃の唯織は十分に幸せだった。父親のいない寂しさを覚える日もあったけれど、三十一年間自分の生い立ちを恥じたことは一度もない。

御曹司であろうがなかろうが、凱は凱だ。唯織はシェフとしての彼の腕に舌を巻き、その穏やかで優しい人柄に強く惹かれた。全身から溢《あふ》れる「あなたが好きです」オーラに戸惑いはしたけれど、決して嫌ではなかった。それどころか日を追うごとに、唯織の心にも陽だまりのようなふんわりと温かい感情が育ちつつあった。

——それなのに。

涼音を見つめる凱の真剣な眼差《まなざ》しを思い出した。胸の奥がぎゅうっと痛んだ。

「他に用件は？」

唯織は絞り出すよう告げた。凱は答えない。唇を噛んだまま項垂れている。

「ないなら帰ってくれ。仕事の最中だったたんだ」

苦いうそを、凱は疑いもしなかった。「すみません」と自ら玄関のドアを開き廊下に出ていく。丸まった背中がいつもより小さく見えて、唯織は思わず「凱」と声をかけてしまった。

凱がゆっくりと振り返る。

「……はい」

「おれとデート、しないか」

不自然に声が掠れてしまうのは、胸に渦巻く複雑な感情のせいだ。これが一縷《いちる》の望みだという自覚と、鎌をかけていることへの後ろめたさと。

突然の誘いに、凱はあからさまに戸惑った様子だった。

「どうした。嫌なのか」

凱は「まさか」と首を激しく左右に振った。

「逆です。唯織さんから誘っていただけるなんて思っていなかったから、ちょっとびっくりしてしまって」

「いろいろと話したいことがあるんだろ」

凱は「はい」と頷いた。嬉《うれ》しそうなその顔を、唯織は真っ直ぐに見ることができない。

ひとつ大きく呼吸をし、唯織はゆっくりと口を開いた。

「月曜がいいな」

「……え」

「いいだろ？　店休日だし」

「月曜は、ちょっと……」

狼狽《うろた》えたようなその声に唯織はそっと目を閉じた。あまりにも予想通りの反応だったから。

「すみません。今度の月曜日はどうしても外せない大事な用事があって……。それ以外だったらいつでも大丈夫なんですけど」

「そっか。ダメなのか」

ちらりと見上げた凱の顔からは、完全に笑みが消えていた。

――ほら正直に言えよ、涼音さんとデートだって。

どんな用事なのかと問い質《ただ》す勇気もないくせに、意地悪な感情が湧き上がってくる。

「明日はどうですか？　明後日でも大丈夫です。土日はランチがないので」

「聞いていなかったのか。おれは月曜以外は無理なんだ」

「じゃあ再来週の月曜は――」

「無理。大事な用事があるんだ」

「唯織さん……」

あからさまな拒絶に、凱は世にも悲しい目をして黙り込んでしまった。拗《す》ねた子供のような自分の態度に目眩がした。同時にひどい虚しさに襲われる。

「わかりました。遅くに失礼しました」

「気をつけて帰れよ」

「お仕事の続き、頑張ってください」

唯織は「ああ」と頷いた。凱は背中を向け、とぼとぼとエレベーターホールに向かって歩いていった。その背中が視界から消える前に、唯織は玄関を閉めた。

冷たいドアに背中を預ける。立っているのがやっとだった。

無性に腹が立った。涼音とのことを隠している凱にも、知っているのに知らんふりをしている自分にも。

凱が何を考えているのか、まったくわからなくなってしまった。出会ってまだひと月にもならないけれど、彼の人間性に疑いを抱いたことは一度もない。恭介じゃあるまいし、複数の相手と同時進行で恋をするような器用さは、彼にはない。

少なくとも唯織にはそう思えるのだ。

凱を信じたい。けれどだんだん自信がなくなってきた。今夜も凱の全身から「あなたが好きです」がダダ漏れになっていた。視線から、表情から、放つ言葉のひとつひとつから、彼が自分を好いてくれていると感じる。

なのにその一方で、涼音とデートの約束をしていることを隠している。

「なんなんだよ、一体……」

深いため息をつき、唯織はふるんと頭を振った。

『俺なら……絶対にあなたを悲しませたりしないのに』

眠りに落ちる直前の囁《ささや》きが、耳の奥に蘇る。あれは聞き間違いだったのだろうか。それとも唯織の脳が作り上げた、都合のいい幻聴だったのか。

どちらにしても、凱と自分はまだ恋人と呼べる関係ですらないのだ。誰と付き合おうと別れようと自分の勝手だと唯織は言った。凱に向けて放ったはずの毒矢は、地球を一周して唯織の背中を貫く。

唯織は元カレの恭介を部屋に上げた。唯織の勝手だ。同じように凱が涼音とデートすることを咎《とが》める権利など唯織にはない。凱の勝手なのだ。

静かに目を閉じる。背中に当たるこのドアを開いたら、凱が立っていたりしないだろうか。浮かんだ思いのわがままさに辟易する。

唯織は何かを断ち切るように、力いっぱいドアに施錠をした。

悶々《もんもん》とした気持ちのまま、月曜日の朝を迎えた。昨夜もその前の晩も、遅くまでパソコンに向かっていた。集中などできるわけがないとわかっていても、布団《ふとん》を被《かぶ》ってめそめそしているよりはマシだった。

もそもそとベッドから起き出し、カーテンを開ける。抜けるような青空が広がっていて、憂鬱に拍車がかかった。せめて嵐だったらよかったのに——などと考えている自分の狭量さに乾いた笑いが漏れた。運動会じゃあるまいし。デートは大抵雨天決行だ。

身支度を整えて軽い朝食をとると、唯織はお気に入りのパーカーを身につけ、三日ぶりの娑婆《しゃば》へと繰り出した。ここ数日雨が続いていて日課の散歩ができず、さすがに身体が鈍《なま》ってきたからだ。

エントランスを出たところでアキレス腱《けん》を軽くストレッチする。首をゆっくりと左右に倒し、右腕を十回、左腕を十回ぐるぐると回したら出発だ。いつものスニーカーで、いつもの道をいつもの速度で歩き出す。何も考えなくても身体が勝手に動いてくれる。

大丈夫。いつものおれだ。

そう確認することで、レールから逸脱しそうになっている日常を取り戻そうとしているのかもしれない。

——無になりたい。

恭介と付き合い始めて間もなくの頃だった。彼の取材の付き合いで、都下の寺で座禅の体験をしたことがあった。無になるコツは何かと尋ねた唯織に、住職はこう答えた。

『無になろうとしないことです』

こうなろう、こうなりたいと、狙ったり図ったりしないことがコツだと言うのだ。頑張る、打ち勝つ、乗り越えるという考えは捨て、呼吸に意識を委ねることで心を緩めるのだと。

座禅は初めてだったが、なかなか興味深い体験だった。上手く緩められたかどうかはわからなかったけれど、ほんの少しだけ心が軽くなった気がした。その後ふたりで寄ったバーで恭介にそう話すと、彼は珍しく情けない表情をした。

『俺には一生無理だな』

『無になれませんでしたか?』

グラスの氷を指で回しながら、恭介は『お前はなれたのか』と尋ねてきた。

『わかりません。でも終わった後に不思議な爽快感はありました』

『そうか。よかったな』

恭介は肩を竦《すく》めてグラスのバーボンを飲み干した。

『爽快感、ありませんでしたか』

『爽快感どころか、どんより感が増し増しだ』

大してどんよりもしていない顔で、恭介は強い酒を呷《あお》る。

『しかしな、座禅をしてみて、はっきりとわかったことがある』

そう言って恭介は口角をきゅっと引き上げた。

『俺は、煩悩を手放すつもりはないってことだ』

その意味を瞬時に解することができず、唯織はきょとんと首を傾げた。

『俺はな、煩悩に愛された男なんだ』

『煩悩に……愛された？』

恭介は鹿つめらしい顔で『そうだ』と頷く。

『だから好むと好まざるとにかかわらず、俺の心から煩悩を滅却することはできない。薄々そうじゃないかと感じてはいたが、今日の座禅ではっきりと再認識した。俺はこれからも今まで通り、煩悩と共に生きていく。無になどなれなくて結構毛だらけ猫灰だらけだ』

わが道を行くと言いながら、その宣言に若干拗ねたニュアンスを感じ、唯織は小さく噴き出してしまった。

『そうですよね。恭介さんから煩悩を取ったら、文才くらいしか残りませんからね』

失礼千万な唯織の台詞に、恭介は大きく目を見開いた。さすがに気を悪くしたかと思いきや、彼はこれ以上ないほど上機嫌な口調で言った。

『そうなんだ。その通りなんだよ、唯織。お前、わかってるじゃないか』

『恭介さんの九十パーセントは煩悩でできている……？』

『違うな。九十九パーセントだ』

夜更けのバーの淡いライト。静かに流れるジャズの音色。バーボンの香り。クスクス笑い合うふたりの声。懐かしい場面が脳裏に蘇る。

煩悩を捨てられない彼を認めてしまったのだから、その後の度重なる浮気を詰《なじ》ること自体ルール違反だったのかもしれないと今にして思う。

恭介と過ごした日々は、いっそすがすがしいほど〝過去〟だ。小説が書けなくなってしまった原因は、凱が指摘したように失恋それ自体ではなかったのだろう。そのことに気づいたことで、恭介への複雑な思いもきれいさっぱり消えた。あの日だって、だから部屋に招き入れることができたのだ。

凱に対するこの感情も、いつかこんなふうに過去にできるのだろうか。そう考えた途端、胸の奥に鈍い痛みを覚える。

——無理だな。

少なくとも今はまだ、負った傷は生々しい。

唯織さんすみません、俺、あなたのことちょっと気に入っていたんですけど、やっぱり涼音さんとお付き合いすることにしました。ひと目惚れっていうやつです。あはは——。そんなふうにスッパリと、鋭い刃物で切ってくれた方が、まだ諦めがついたかもしれない。鈍い刃物でつけられた傷の方が余計に痛い。そんな歌があった気がする。傷つけられたら殴りに行こうぜ、みたいな歌詞の歌だ。

凱を殴りたいかと訊かれたら、答えはNOだ。この期に及んでまだ、何か事情があるのではないかと、心のどこかで彼を信じている自分がいる。信じたいと思っている自分が。

誰かに対して一ミリの隙もなく誠実であろうとすることは、思うより難しいことなのかもしれない。相手のためを思ってやむを得ずつくうそもある。打ち明けるタイミングを探しあぐねて、本意ではない隠し事をすることもあるだろう。

見た目も中身も完璧なくせに、色恋には疎いのだと一哉は言っていた。手のひらを返すように心変わりしてしまったことに、凱自身戸惑っているのだろう。意味不明な態度は、恋愛経験の乏しさのなせる業なのかもしれない。

歩きながらぐるぐると考える。考えながら、考えないようにしようとして、それでもやっぱり考えてしまう。散歩は少し、座禅に似ているかもしれない。

歩いて歩いて歩いて、少しでもいいから無に近づきたい。

ため息をついている間に、いつもの河原が迫ってくる。堤防に上る階段の一段目に足をかけた時だ。視界の端に、飲み物の自販機が目に入った。

『夏川さん、温かいのと冷たいの、どっちがいいですか』

弾むような声が鮮やかに蘇る。

ずいぶん用意がいいなと訝《いぶか》る唯織に、たまただと視線を逸《そ》らした凱。息を切らして追いかけてきたくせに、『一緒に飲みませんか』と素直に誘えなくて、たまたまお茶を持っていたと見え透いたうそをついた凱。

片足を階段にかけたまま、唯織はぎゅっと拳を握る。

『俺、別に唯織さんが有名な作家さんだからお近づきになりたいとか、そういう下心で、慌ててお茶を買って追いかけたわけじゃないですからね』

『唯織さんの「美味しかった」は、どうしてなのかわからないんですけど、俺のここに、ブッスリと刺さったんです』

『唯織さんは弱いんじゃなくて、繊細なんですよ』

あの日の空の色も、雲の形も、風の匂いも、凱の横顔も声色も全部全部、なんでこんなにはっきりと覚えているんだろう。

唯織さん、と口にする時の、ちょっとはにかんだような表情が好きだ。

「凱……」

凱の声が聞きたい。その誘惑は、まるでイケナイ薬のように瞬く間に身体の隅々まで回った。唯織は階段にかけていた足を外すと、くるりと踵《きびす》を返し、今来た道を早足で引き返した。

凱に会いたい。ひと目だけでも。その思いだけが唯織を支配していた。

――会ってどうするんだ。

制止するもうひとりの自分の方が正しいことは嫌というほどわかっているのに、身体は彼のいる場所に向かって突き進んでしまう。

『自転車に乗れるようになったばっかりの頃って、自分の思う方向に進めないじゃないですか。例えば左側に壁があって、だから左には寄せちゃいけないと思う。ところがそっちに行っちゃダメだと思えば思うほど、ハンドルは左に切れていく……』

自分は今、自転車に乗れるようになったばかりの子供だ。そっちに行ったら傷つくぞ、痛い思いをするぞと理性が再三警告してくるのに、身体はそれを無視して進み続けている。側溝に落ちるとわかっていても、止めることができないのだ。保育園児の時と同じように。

どんなに歩いたところで心を無にはできないと悟った頃、『GAI』の建物が見えてきた。呼吸を整えながら近づいていく。こんなことをしてどうするつもりなのか、自分でもまるでわからなかった。会ってどんな言葉をかけるつもりなのかも。

もう出かけてしまっただろうか。それならそれでいい。いやその方がいいかもしれない。凱の顔を見た途端、三十一年間築き上げてきたアイデンティティを崩壊させるような、とんでもない台詞を投げかけてしまいそうな気がするから。

会いたいのか会いたくないのかすらわからなくなっていた。曖昧で矛盾だらけの感情を持て余しながらドアの前に立つ。と、店内の照明が点いていることに気づき、唯織の心臓は音でも立てんばかりに激しく鳴った。

凱はまだ出かけていなかったらしい。ホッとするのと同じくらい緊張しながらドアに一歩近づいた時だ。明るかった窓が、不意にすべて暗くなった。照明が消されたのだと気づくと同時に、店のドアが開いて凱が出てきた。

「っ……」

逃げる暇も隠れる余裕もないまま、目と目が合ってしまう。

「唯織さん……」

大きく見開かれた瞳には、驚きと困惑と若干の喜びが、複雑に入り混じって見えた。

「よ……う」

引き攣《つ》った笑顔で片手を挙げるしかなかった。さぞかし間抜けな顔をしているに違いないと軽い目眩を覚えた時、凱の後ろに立つ人影に気づいた。

「唯織くん？」

凱と似たような表情を浮かべて立っていたのは、涼音だった。

ここへきて、唯織はようやくこのパターンもあったのかと思い至る。午前中の早い時間にふたり一緒に店を出てくる。店の二階は凱の住居だ。その事実の意味することがわからないほど、唯織は鈍感ではない。

そしてもうひとつ、重大なことに唯織は気づいた。ふたりの服装だ。

凱は濃紺のスーツを、涼音は淡い水色のワンピースを着ている。凱のスーツ姿を見るのは初めてだったし、涼音にしても普段はフットワーク優先のパンツスーツばかりだ。今日のような「清楚」という言葉がぴったりのワンピース姿など、一度も見たことがなかった。

ふたりの関係は、どうやら唯織の想像をはるかに超えたところまで進んでいたらしい。単なるデートなら、わざわざスーツやワンピースを着る必要はない。

衝撃が強すぎて、逆に冷静になれた。唯織は決死の覚悟で作ったからかうような明るい笑顔を涼音に向けた。お得意の〝秘儀・笑顔の鉄仮面〟登場だ。

「別にふたりの見送りに来たわけじゃないからな。この道は散歩コースなんだ」

「そ、そうなんだ」

涼音は困惑を隠しきれない、微妙な笑みを浮かべた。

「しかしまさに美男美女って感じだな。よっ、ご両人、って声をかけたくなる」

「違うのよ、唯織くん」

涼音は慌てたように、傍らの凱と唯織を交互に見やった。何か言ってやればいいのに、凱は唇を真一文字に結んだままだ。言い訳のできない場面を見られてしまい、開き直ったのかもしれない。

「照れなくていいって。すごくお似合いだ」

「あのね、唯織くん」

「お天気がよくてよかったな。デート日和《びより》だ」

「聞いて。デートなんかじゃないの」

単なるデートなどではない。涼音はそう言いたいのだろう。

何か言ったらどうだとばかりに、唯織は凱を睨《にら》み上げる。凱は一瞬、何かを逡巡するように視線を落とした。そして意を決したようにゆっくりとその顔を上げた。

「これから、お墓参りに行ってきます」

「墓参り？」

思いもよらないフレーズに虚を突かれた唯織は、二度、三度と瞬きをする。

「箕浦《みのうら》さんのお祖母《ばあ》さんのお墓です」

凱の言葉に、涼音が「そうなの」と頷いた。

「ふうん」

「あのね、唯織くん、神崎くんは私の――」

一歩前に踏み出した涼音を、「箕浦さん」と凱が制した。

「来ましたよ」

凱の視線を追うと、二十メートルほど先にある角を、タクシーが曲がってくるのが見えた。

「すみません、唯織さん。道端で手短に話せるようなことじゃなくて……。この件については、日をあらためてきちんとお話しします」

「別におれは」

「今日はどうしてもお墓参りに行かなければならないので、ここで失礼します」

丁寧だが有無を言わせない口調だった。スーツ姿で慇懃《いんぎん》に頭を下げられ、唯織は言葉の接ぎ穂を失う。

「ごめんね、唯織くん」

「本当にすみません」

ふたりは何度も頭を下げた後、揃ってタクシーに乗り込み去っていってしまった。

ひとりその場に残された唯織は、遠ざかるテールランプを呆然《ぼうぜん》と見送るしかなかった。

——決定的だな。

墓参り。それはつまりなんらかの報告に違いない。だからこそふたり揃ってあの服装なのだ。涼音が以前、自分はお祖母ちゃんっ子だったと言っていたことを思い出した。大好きだったお祖母ちゃんの墓に、いの一番に知らせに行くのだろう。

——おそらくは凱との婚約を。

そう考えるのが一番自然だろう。確かに道端で手短に話せるようなことではない。

「婚約……」

ハッと乾いた嗤いが零《こぼ》れた。強がっているわけではなく、身体中の力という力がすべて抜けてしまったのだ。とっとと帰ろうと思うのに、膝《ひざ》が笑って歩き出すことができない。そん

になる。

それにしても、他に類を見ないほどのスピード展開だ。涼音が取材のために『GAI』を訪れたあの日がふたりの出会いだったとすると、ほんの数日のうちに関係を深めたということになる。

——お前、恋に不器用だったんじゃないのか？　凱。

いや、と唯織は首を振る。稀《まれ》に見る不器用さゆえに、時間も手順も全部すっ飛ばしてしまったのかもしれない。ほんの少し前まで唯織に向けられていた感情のベクトルが、涼音に出会い、猛烈な勢いで彼女に向かってしまったのだ。不器用すぎて愛情のコントロールができなかったのだろう。

凱は唯織ではなく涼音を選んだ。ただそれだけのことなのだ。

鉛のように重い足取りで自宅に向かう。歩きながら叫び出したくなる衝動を、何度となく抑えなければならなかった。

玄関のドアを閉め、スニーカーを脱いだ瞬間、胸の奥で何かがぷっつりと切れた。唯織は脱いだばかりのスニーカーを、右、左の順に壁に向かって思い切り投げつけた。

「——っざけんな！」

バシン、ガラガラ、と派手な音が響く。ガラガラは、左のスニーカーが明日出そうと思っていた資源ごみの袋に当たった音だ。袋の口を縛っておかなかったので、ビールの空き缶が三つばかり転がり出してしまった。

「なんなんだよ！」

唯織は髪をバリバリと掻《か》きむしった。そして転がった空き缶を拾い上げ、壁に投げつけた。

「くそっ！　あああ、もう、くっそお！」

抑えつけていた感情が、一気に溢れ出す。唯織は玄関付近にあった来客用のスリッパなどを手あたり次第に摑むと、次々に壁に投げつけた。

「なんだっていうんだよ！　なんでこうなっちまったんだ！　わけわかんないだろ！　ちくしょう！」

ついには「わあああ！」と獣めいた叫び声を上げながら、その場に蹲《うずくま》った。床に額を二度、三度と打ちつけても、荒れ狂う感情は収まらなかった。

「一体なんなんだよ……どうしてなんだよ……なあ、凱」

恭介と別れた時、唯織の心の大半は「やっぱりこうなってしまったか」という思いで支配されていた。どれほど信じようとしても、複数の相手と同時に関係することに一切罪悪感を持たない特殊体質の恭介を、心から信じることなど到底できはしなかった。

どこかで予想していた別れとはいえ、それでもしばらくの間はひどく落ち込んだし、めそめそと泣いたりもした。けれど今、唯織の頬に涙の痕はない。目頭が熱くなる気配もない。

今この瞬間、唯織を支配しているのは無数の「なぜ？」だ。

凱という人間がわからない。解せない。少しずつ距離を縮め、ゆっくりと理解を深めてきたつもりだった。そうできると信じていたのに、ここへきて突然わからなくなってしまった。告白を受けたわけではない。ふたりの間になんらかの約束があるわけでもない。けれど自分に向けられる視線の熱量の高さに気づかないほど。唯織はバカでも鈍感でもない。

——自惚《うぬぼ》れていたのか……おれは。

「いや……違う」

床の木目を睨みつけながら、唯織は呟いた。

恭介は、例えるなら野生のライオンだ。躾《しつけ》もへったくれもない獣なのだから、迂闊《うかつ》に近づけばガブリとやられる。途中で気づいたのにもかかわらず、ぐずぐずと迷っていて逃げ遅れたことについては、自分にいくらかの責任があると思っている。

しかし凱は野生でもないし、ライオンでもない。躾の行き届いた賢い大型犬だ。近づいてきた相手にいきなり噛みつくこともなければ、餌だと認識するや誰彼構わず美味《おい》しくいただこうとすることもない。少なくとも唯織はそう感じていた。

——それなのに……。

裏切られた。

そう思うことすら、きっと身勝手なのだろう。わかっていても感情の嵐を鎮めることができない。滾々《こんこん》と湧き続ける怒りの犠牲になったスニーカーやスリッパが無残に散らばる玄関先で、唯織は頭を抱えて「うう……」と低く唸《うな》る。

凱となら、優しい恋ができそうだと思っていた。デート中、スマホの着信音にいちいちビクついたり、抱きしめられるたびに香水の匂いを気にしたり、深夜にベッドから抜け出していく気配に唇を噛んだり、そんな虚しいあれこれとは無縁な、陽だまりのような穏やかな恋ができそうだと思っていた。

それもこれもすべて、唯織の思い込みだったというのか。

悲しくて、悔しくて、無性に腹が立った。

どれくらいの時間そうしていただろう。唯織はふと、頭の中が静まり返っていることに気づいた。吹き荒れるだけ吹き荒れ、嵐は去っていったらしい。シーンという音が聞こえそうなほどの静寂の中で、唯織はのろりと立ち上がった。

「……書く」

呟いたのは、無意識のことだった。壁に手を突きながら、よろよろと仕事部屋に向かいながら、唯織は不思議な感覚に襲われていた。

空気が澄み渡っている。こんなに悲しくて苦しいのに、なぜか天井の向こうに見えるはずのない青空が見える気がした。

——靄《もや》が……消えた。

この一年半、唯織を死ぬほど苦しめてきた脳内の靄が、きれいさっぱり消え去っているのだ。人生初と言っても過言ではないほどの激情にかられた結果、心を覆っていた靄が吹き飛んでしまったのだろう。

無数のアイデアが、手の届く場所に浮かんでいる。早くまとめてくれ。早く作品に昇華させてくれと唯織を呼んでいる。

「おれは……書く」

いまひとつ力の入らない身体で、唯織はパソコンに向かった。電源ボタンを押した途端、摑みどころのないただのイメージだったものが、次々にその輪郭をはっきりとさせていく。マシンが立ち上がるまでの時間がもどかしい。こんな感覚は本当に久しぶりだった。

唯織はポケットからスマホを取り出す。少し迷って凱からの連絡を着信拒否設定にした。

——気を散らすわけにはいかないからな。

大きくひとつ頷くのと同時に、目の前の画面にようやく見慣れた壁紙が現れた。


それからというもの、唯織は文字通り寝食を忘れてプロットに没頭した。このところ三十分と持たなかった集中力が、二時間経っても四時間経っても途切れない。次々に浮かんでくるアイデアを繫《つな》げたり、まとめたり、形を変えたりと忙しく、トイレにもギリギリで駆け込むほどだった。

平均睡眠時間は二時間ほどだったが平気だった。食事をする時間も惜しかったので、ご飯代わりにエナジードリンクをネットで箱買いした。眠気も空腹もまったく感じなかった。かつてないほど気分が高揚していた。このプロットは必ず通る。それどころか夏川《なつかわ》唯織を代表する傑作になるに違いない。ひしひしとそんな予感がした。

担当編集者たちの喜ぶ顔が目に浮かぶ。一年半もスランプに陥っている自分を見捨てずにいてくれた彼らを、一番に喜ばせたい。その思いが唯織のエネルギーになった。

毎晩十一時前後になると、必ずインターホンが鳴った。誰が鳴らしているのかは考えなくてもわかったから居留守を使った。涼音からは毎日のように【神崎くんの話を聞いてあげてお願い】とメッセージが来たがすべてスルーした。

結末を先送りにしているだけだということはわかっていた。ふたりに対して誠意のない態度を取っている自覚もあった。けれど今の唯織にとって、このプロットをまとめ上げること以上に優先させるべき事柄などない。

ここで踏ん張れるかどうか。それは作家・夏川唯織の、いや、夏川唯織というひとりの人間のアイデンティティに関わる問題なのだ。この作品を世に送り出せたら死んでもいい。その思いは決して大袈裟などではなかった。

そうしてプロット作りに没頭して六日目、唯織は命懸けで完成させたそれを宍戸《ししど》に送信した。ボタンをクリックした瞬間、感無量なんて陳腐な言葉が浮かんだ。作家のくせに、今の気分を表す言葉を他に知らなかった。後は宍戸からの返事を待つだけだ。ＯＫが出れば、一年半ぶりに初稿に入ることができる。真の意味での復活だ。

――やっとだ。やっとここまで這《は》い上がることができた。

長い長いトンネルだった。一時は本気で廃業を考えもした。達成感と脱力感が同時に襲ってきて、唯織はしばらくその場から立ち上がることができなかった。

――ところで今、何時だろう。

うつろな瞳で、斜め後ろの壁かけ時計を見やった。頸《くび》や背中の骨という骨が「大丈夫か？」と心配になるほど派手な音を立てた。

六時という時刻が午前なのか午後なのか俄《にわ》かにはわからず、傍らのカーテンを開けてみた。西側の空に微かな茜色が残っているのを見て、今が夕刻であることを知った。

その茜を見つめたまま、唯織はまだ動けずにいた。この六日間というもの、二十四時間のほとんどをパソコンのキーを叩《たた》くことと資料を読むことに使ってきた。比較的体毛の薄い体質だが、それでも顎《あご》に手をやるとジャリジャリとした感触がある。髭《ひげ》が濃い人間だったら間違いなくホームレスのような風貌《ふうぼう》になっていただろう。

――そういえば風呂《ふろ》にも入っていなかった。

とにもかくにも時間がもったいなくて、連日シャワーだけで済ませていた。

唯織は自分の腕の匂いをくんくんと嗅いだ。汗の臭いはしないが、さすがに湯船に浸かった方がいいだろう。

六日ぶりに風呂に湯を張っていると、スマホが鳴った。また涼音からだろうと、重い気分で伸ばした手を止めた。表示されていたのは涼音の名前ではなかった。

約束の店は繁華街の外れにある、飲食店が多く入ったビルの五階だ。エレベーターを降りると正面に懐かしい看板が現れた。かつてよく待ち合わせに使った店だ。

「いらっしゃいませ」

ドアのカウベルと、バーテンダーの声が重なる。軽く会釈をして店内に入ると、カウンター席の一番奥で、恭介が片手を挙げた。唯織は無言で彼の隣のスツールに腰《こし》を下ろした。

「早かったな」

「急いで来いとおっしゃるので。――同じものを」

バーテンダーに、恭介と同じマティーニを頼んだ。

「なるべくと言ったんだ。久しぶりなのに第一声が嫌味か」

「久しぶり？　先週会ったばかりですけど」

「あのなあ、お前はどうしていちいち突っかかる――」

苦笑交じりにこちらを振り向いた恭介が、ぎょっとしたように目を剝《む》いた。

「お前っ、なんだその顔はっ」

「顔？」

髭はきちんと剃《そ》ってきたはずだ。

「ひどい顔色だぞ。死相が出ている。一体どうしたんだ」

「死相って……」

死神でも見たような顔でそんなことを言うものだから、笑ってしまった。確かにこの六日間、死ぬか生きるかの戦いだった。

「具合が悪いなら正直にそう言えばよかっただろ」

「具合は悪くありません」

「うそをつけ。頬がこけているぞ。痩せたんじゃないか？」

「痩せてません」

うそだった。さっき無精髭を剃った時、洗面所の鏡に映った土気色の顔に、一瞬「こいつは誰だ？」と思った。頬の肉はげっそりと削げ、眼は落ち窪《くぼ》んでいた。怖くて体重計に乗ることができなかったけれど、おそらく数キロ落ちているに違いない。

実は体力もかなり落ちていて、ここまで辿《たど》り着くのも一苦労だった。最寄り駅に向かう途中で立ちくらみを覚え、結局タクシーを拾ったのだ。

「本当に大丈夫なのか」

珍しく真顔で心配する恭介に、唯織は「平気ですって。ほら」と力こぶを作る真似《まね》をしてみせた。なぜなのか、昔からピンチになればなるほど強がってしまう。無意味だと頭ではわかっていても、染みついた習性はそう簡単に変えられないものなのだ。

「なんなら逆立ちでもして、その辺一周してきましょうか」

「見てみたいが今夜は遠慮しておく」

「ところで大事な話ってなんですか」

大事な話があるから出てこないか。そう言って呼び出されたのだ。

「いやまあ、大した話じゃないんだ」

恭介が視線を泳がせる。予想通りの答えに、唯織は「だと思いました」と呟いた。話があるとでも言わなければ唯織が断ると思ったのだろう。要するにただ唯織と飲みたかったのだ。

「まあいいですけど。実は、やっとプロットが完成したんです」

「おお、本当か」

寝る間も惜しんで仕上げ、数時間前にようやく宍戸に提出したのだと話すと、恭介は「そうか。よかったな」と嬉しそうに何度も頷いてくれた。

計ったようなタイミングでバーテンダーがマティーニを差し出した。それを手に取り乾杯をした。

「今日は俺の奢《おご》りだ」

ふたりで飲む時はいつだって恭介の奢りなのだけれど、今夜はやっぱり特別な気がして、唯織は「それじゃ遠慮なく」とグラスを掲げた。

「とはいえ、まだGOが出たわけじゃないんですけど」

「大丈夫さ」

「どうしてわかるんですか」

「わかるさ。目を見れば」

マティーニを舐《な》め、恭介が微笑《ほほえ》む。

「顔には死相が出ているが、目は死んでいない。ギラギラしている。そういう目で書いたプロットは大体通るもんだ」

いつものことだが恭介の説は、胡散臭《うさんくさ》さ満載なのだが、不思議と真実を突いているようでもある。「本当かなあ」と首を傾げ、唯織はマティーニを口に含んだ。久しぶりのアルコールはジンジンと喉《のど》を焼いたが、ようやくプロットが仕上がったのだという実感が湧いてきて、痛みすら心地よかった。

数日間飲まず食わずだったこともわかったのだろう、恭介は「何か食いながら飲め」とサンドイッチを頼んでくれた。ハムとチーズとレタスだけのシンプルなサンドイッチだったが、この世のものとは思えないほど美味しかった。

「ようやくです。ようやくトンネルを抜けました」

「難産の末に生まれた子は可愛いだろ」

「初めて思いました。この子のためなら死ねるって。実際死にかけました」

「あはは。これでまた一歩、一人前の作家に近づいたな」

「頂はまだ見えませんけど」

「そんなもん、俺にだって見えない」

恭介が頂でないのなら、一体それはどこにあるのか。やれやれ大変な職業を選んでしまったものだと、今さらのようにこの世界の厳しさを痛感した。

「で、お前のガソリンはなんだったんだ」

マティーニを立て続けに二杯空にした恭介は、山崎《やまざき》のロックを傾けながら呟いた。唯織は、どんなに飲んでも顔色ひとつ変えない元カレの横顔を覗《のぞ》いた。

「ガソリン？」

「俺の経験上、長いトンネルを抜ける瞬間には、爆発的な勢いが必要だ。俺は天才だ。鬼才だ。今書いているのはとんでもない傑作なのだ——そう念仏みたいに唱えながら何日も何日もひたすら原稿に向かう。それ以外にスランプ脱出の道はない。孤独な戦いを制するには大量の燃料がいる」

どうやらスランプを抜けたきっかけは何なのかと尋ねているらしい。

バーテンダーの向こう側、整然とグラスの並んだキャビネットに、凱の甘く優しい笑顔がふわりと浮かんだ。唯織はふるんと頭を振り、手にしたサンドイッチを口の中に放り込み、マティーニで胃に流し込んだ。

「おれにも山崎ください。ロックで」

「かしこまりま――」

「水割りにしてやってください。あとチェイサーを」

横から勝手な口出しする恭介に、ちょっとムッとした。軽く睨んでみたけれど、結局黙って受け入れた。確かにチェイサーが欲しかったからだ。口を尖らせたまま、唯織は呟いた。

「怒りです」

「……は？」

「おれのガソリン」

思いがけない答えだったのだろう、恭介は一瞬虚を突かれたように目を瞬かせた。

「何に対する怒りだ」

「…………」

「誰に対しての怒りだ」

「…………」

カラン、とグラスの氷が音を立てた。ふたりの無言を埋めるように。

「訊き方を変えよう。お前を怒らせて、お前のやる気スイッチを入れたのは誰なんだ」

「…………」

「残念だ。お前のやる気スイッチを押してやれるのは、俺だけだと思っていたのに」

手のひらの中でグラスを弄《もてあそ》びながら、恭介が薄く笑った。

「お前のやる気スイッチがどこにあるのか、近いうちにこの手で、その身体をくまなく捜索してやろうと思っていたのに」

ニヤニヤしながら戯言《たわごと》を並べる恭介に、唯織は呆《あき》れを通り越して噴き出してしまった。

――そう、この人はこういう人だった。

奔放で、自分勝手で、人の心の中にずかずかと土足で入ってくる。独自の理論で相手を振り回し、煙《けむ》に巻いておきながら、傷つけているという自覚の欠片《かけら》もない。だから謝らない。反省もしない。

最低最悪なのだ。正真正銘のロクデナシだ。それなのになぜだろう、心の底から憎むことができない。もうこの人とはやっていけないと別れを決めた後も、唯織は彼を憎しみの目で見たことは一度もない。

その理由に気づいたのは、実は最近のことだ。凱と知り合い、向けられる真っ直ぐな思慕に戸惑いながらも惹かれ、唯織は初めて気づいた。恭介に寄せていた自分の思いが、純粋な恋心だけではなかったことに。

初めて会った時から、本当はわかっていたのかもしれない。自分が恭介の中に、亡き父の影を求めていたことを。幼い頃、どれほど望んでも手に入れることのできなかった父からの愛。懐《ふところ》の深い大人の男に出会った瞬間、唯織は無意識に手を伸ばしてしまったのだろう。

「あいつだろ」

「……え」

「年下シェフ」

大人の男が囁くように尋ねる。答えないことが答えになってしまった。

「なんだ、早速喧嘩《けんか》でもしたのか」

唯織は口元を歪《ゆが》めて首を振り、グラスの山崎を呷った。

「おかわりください。ロックで」

「水割りにしてください。薄いやつ」

唯織は恭介をキッと睨んだ。今度は射るような鋭さで。

「ロックで、お願いします」

唯織の容赦ない口調に、バーテンダーは困惑した様子で「かしこまりました」と背中を向けた。

「そういう飲み方をするな」

「勝手でしょ」

「ったく、ガキみたいなことを……」

恭介が嘆息する。

「恭介さんに、おれを心配する資格があると思ってるんですか？」

「あるに決まってるだろ」

「本気でそう――」

思っているんですかと問いかけようとしてやめた。本気でそう思っているに決まっているからだ。この人に常識は一切通用しない。なぜならそれが真柴《ましば》恭介という男だから。

「おれ、恭介さんのこと、男としてまったく信用していないんですよね。昔も今も」

琥珀《こはく》の液体に視線を落としたまま呟いた。

「さらりと失礼なことを。だから水割りにしろと言ったんだ」

「まだ酔ってません」

「酔ってませんは、酔っ払いの常套句《じょうとうく》だ。そろそろ帰ろう」

腰を上げかけた恭介の腕を、唯織はぐいっと引っ張った。

「来たばっかりじゃないですか。今夜は奢ってやるから、好きなだけ飲め、ジャンジャン飲めって言いましたよね」

「ジャンジャンとは言ってない」

「細かいことを気にしないのが恭介さんのいいところでしょ」

「あのなあ、唯織」

「いいから、いいから。ほら座ってください」

恭介は大きなため息をひとつつき、スツールに掛け直した。

「信用していない男に奢ってもらう酒は美味いか」

「美味しいですよ、ただ酒は。しかも山崎」

「唯織、もしあいつと喧嘩したなら――」

「してません」

言下に否定すると、恭介は一瞬押し黙ったが、すぐに小さくため息をついた。

「なあ唯織、俺とよりを戻さないか」

「…………」

「一応断っておくと、これは本気で言っている」

唯織は無言のまま、傍らの男の瞳をじっと見つめた。そしてゆっくりと頭を振る。

「なぜだ」

「わかっているくせに」

「わからないな」

「わかりたくないだけなんじゃないですか？」

「唯織」

「恭介さんが」

唯織はもう一度、恭介を振り返った。視線が絡まる。

「恭介さんが、おれの父親だったらよかったのに」

「な……」

「ずっと……ずっとそう思っていました。恭介さんもわかっていましたよね」

「…………」

沈黙が落ちる。

恭介と別れたショックで小説が書けなくなったと思い込んでいたけれど、それは間違いだった。原因は別のところにあったのだと、教えてくれたのは凱だった。

いずれああいう結末を迎えるであろうことは、付き合い始めてすぐに気づいた。別れの光景はいつも心の片隅にあって、それがいつになるかだけの問題だった。

後悔はしていない。恭介と出会ったことにも、恋人としての時間を過ごしたことにも。傷ついたことすらも思い出として、大切に抱えて生きていける。その自信が唯織にはあった。

——けど、あいつとのことは……。

その顔を思い描いた途端、胸に鈍い痛みが走る。出会って間もない、恋人ですらない相手だというのに、凱はすでに唯織にとってかけがえのない存在になっていた。心の奥深くに根を張っていて、引き抜こうとすればのたうち回るほどの痛みを覚える。

——いつの間におれは、こんなにも凱を……。

「参ったな」

長い沈黙を破ったのは恭介だった。

「とんだ最後通牒《さいごつうちょう》だ」

呟く口元には苦い嗤いが浮かんでいる。ごめんなさいと謝るのもなんだか変な気がして、唯織は黙って俯《うつむ》いた。

「まったく信用できないような相手に、父親を求めるのか」

「恋愛相手として信用できないと言っただけです」

恭介はちょっと驚いたように目を見開き、「ふん」と肩を竦めて微笑んだ。

「あいつのことは信用しているのか。恋愛相手として」

「……わかりません」

「はあ?」

「信じていました。信じていたはずだったのに……わからなくなったんです」

唯織は、涼音を紹介した直後から凱の様子がおかしくなったこと、ふたりが続けざまにデートをしたことを話した。

「なるほど、それがお前のガソリンになったわけだ」

「しかも二度目のデートは墓参りです」

「墓参り?」

「涼音さん、お祖母ちゃんっ子だったんです。だから婚約の報告は、まず亡くなったお祖母ちゃんのお墓にって、そう思ったんだと思います」

「婚約の報告？　会ってたったの二度目でか」

「三度目です」

「たったの三度だ。それでお前は確かめたのか」

「何をですか」

「何をって、本当にふたりが婚約したのかどうかだよ。彼女かあいつか、どっちかに確かめたのか」

「それは……」

唯織が口籠ると、恭介は「あのなあ」と眉間《みけん》の皺《しわ》を深くした。

「一番大事なことを確かめもしないで、こんなところでグチグチ言ってるのか」

「だってあいつ、スーツだったんですよ？　涼音さんはきちんとしたワンピースだったし」

「だから？」

「そんな格好で墓参りに行くんだから、そういう、なんていうか……報告的なことに決まってます。——すみません、山崎をロックで」

ああ酒が美味い。今夜は何杯でも飲めそうだ。しかも財布は痛まないときている。なんて幸せな夜なんだろう。ハッピーナイト万歳と叫びたくなる。ここへ来てようやく気分がアガッてきた。

バーテンダーの背中を見つめていた恭介が、「唯織」とこちらに向き直った。

「なんですか。今さら奢るのやめるとかはナシですよ」

恭介は一瞬、呆れたように口を開いたが、すぐに思い直したように首を振った。

「酒は奢ってやるから心配するな。ひとつ訊いてもいいか」

「なんですか」

「自分の知らないことや理解できないことを放置しておくのは、気持ち悪くないか？」

思ってもみない問いに、唯織はきょとんと首を傾げた。

「いえ、別に」

「俺は気持ちが悪い。気持ち悪くて夜も眠れない」

「それは恭介さんが理系の人間だからです」

「おれは文系です。この世のすべてを理解しようなんていう傲慢な考えは持っていません。

恭介が有名大学の理工学部出身だということは広く知られている。

「この世のすべてなんて言っていない。せめて自分に関わることについてくらいは、真実を追求してみたらどうだと言っているんだ」

そんな頭脳もないし」

「おれはいいです。別に気持ち悪くないから」

「うそだ」

「うそじゃありません」

唯織はキッと目を剝いた。

「大体恭介さんにそんなこと言う資格、あるんですか？　今までおれに散々見て見ぬふりとか、気づかないふりとかさせたくせに」

「おおっ、嫌なことを言うねぇ」

図々《ずうずう》しくも恭介は、ニヤリと楽しそうな笑みを浮かべた。

「ふざけてるんですか」

「俺はいつだって真面目だ。いいか唯織。見て見ぬふりをする。つまりそれは真実が見えているんだ。気づかないふり。これもつまりは真実に気づいているんだ」

「何が言いたいんですか」

「真実を追求しないのと、見て見ぬふりをするのはまったく違うんだよ」

恭介が、その顔から笑みを消した。

「無論、真実を知らない方がいいことだってある。ただそれは、自分が思い描いているのとは別のところに真実があることに、一切気づいていない場合に限られる。少しでもその可能性に気づいてしまったら、目を逸らし続けることは苦痛でしかないはずだ。なぜならそれは〝逃げ〟だからだ」

「…………」

「お前はあいつのことを、信じていたと言った。けどな、そもそも信じるとか信じないとか、そんな言葉になんの意味があるんだ。信じる？　信じたい？　そんな甘っちょろい、他力本願なことを言っているから、裏切られたとか騙《だま》されたとか、ぎゃあぎゃあ騒ぐハメになるんだ。いいか唯織、信じていたのに〜なんてクダを巻いている暇があったら、真実を確かめたらどうなんだ。お前の、その目で」

恭介はぐいっとグラスの山崎を呷る。そして珍しくひどく苦そうにその顔を歪めた。

「俺には初めからわかっていた。お前が本当は俺に、何を求めていたのか」

「恭介さん……」

「気づかないふりを続けるのは、案外辛いものだぞ」

呟くようにそう言った恭介の横顔に、なんとも言えない寂しさが滲《にじ》んでいるのを見て、唯織はハッとした。

――おれは、逃げている。

見たくない、認めたくない真実がそこにある気がした。だから目を背けた。

『すみません、唯織さん。道端で手短に話せるようなことじゃなくて……。この件については、日をあらためてきちんとお話しします』

凱はあの日そう言ったのだ。これ以上ないくらい真摯な目をして。それなのに唯織は彼からの連絡を拒否した。インターホンが鳴るたび、エントランスに駆け下りたくなる衝動を抑

えようと耳を塞いだ。

　そんなことをしている限り、凱の本心を知ることはできない。一生真実から逃げ続けることなどできないとわかっているのに。

「びっくりしました。恭介さん、そういう哲学的なことも考えているんですね」

「なんだそりゃ」

　恭介は片眉を吊《つ》り上げながら苦笑した。

「俺が日々、小説のこととエロいことしか考えていないとでも思っていたのか」

「思ってました」

「喧嘩売ってんのか、この酔っ払い」

「酔ってません」

「だからそれは、酔っ払いの」

「はいはい、常套句でしたね」

「わかったらもうやめておけ」

　恭介は唯織の手からグラスを取り上げた。

「今夜はご馳走《ちそう》さまでした。おかげで決心がつきました」

「確かめる気になったか」

「はい」

唯織はポケットからスマホを取り出した。

どんな真実がそこにあるのか、知るのが怖くないと言えばうそになる。今度こそ再起不能になってしまうかもしれない。それでも受け止めなくてはならないと思った。真摯な思いには、真摯な態度で応えなければならない。

「討ち死にする覚悟はできています。ちょっと外、行ってきます」

外で電話をしようと立ち上がった瞬間、足元がぐらりとして身体が傾いだ。

「おわっ……」

咄嗟《とっさ》に恭介が腕を伸ばして支えてくれた。

「おい、大丈夫か」

「平気です。あはは、やっぱりちょっと酔ったかな」

「危ないからここでかけろ」

「え、でも」

「大丈夫。聞き耳を立てたりしない。いいよね、マスター」

今夜の客は、唯織たちふたりだけだ。馴染《なじ》みのバーテンダーは「どうぞ」と笑顔で頷いてくれたが、唯織はもう一度「本当に平気ですから」と、今度はカウンターに手をついてゆっくりと立ち上がった。若干視界が揺れるけれど大丈夫。辛うじて立っていられる。

「ちょっと、失礼します」

一歩一歩、慎重に歩き出す。真っ直ぐ歩いているとは到底言い難い足取りで、どうにか店の外に出た。エレベーターホールの左側に、外階段があることを唯織は知っている。

誰もいないのをいいことに、唯織は階段の一番下の段に腰を下ろした。

「よし。かけるぞ」

鼓動が速いのはアルコールのせいばかりではないだろう。唯織は背中を丸めてスマホを握りしめると、微かに震える指で凱を呼び出す。

――これで最後になるかもしれないな……。

早く声を聞きたい気持ちと、永遠に出て欲しくない気持ちがせめぎ合う。情けなく揺らぎ始めた決心を必死に鼓舞していると、スリーコールで凱が出た。

ドクン、と鼓動がひと際派手に跳ねた。

「あ、あの……」

『唯織さん？』

「あ……うん。おれ」

『本当に？　本当に唯織さんですか？』

耳に届いた声は、少なからず興奮していた。一週間近く完全に拒絶されていたのだ。まさか唯織から連絡があるとは思っていなかったのだろう。

「……久しぶりだな」

ようやく捻《ひね》り出したのは、なんとも間抜けな台詞だった。

『唯織さん、今どこですか』

「え？」

『俺、今唯織さんのマンションの前にいるんです』

「あ……」

昨日も一昨日も三日前も、凱は必ずインターホンを鳴らした。ずっと無視し続けたくせに、今頃になって胸が痛む。

『部屋にいるんですか？　もしいるなら――』

「今、外なんだ」

『外？　出かけてるんですか？』

「ああ。ちょっと……飲んでる」

スマホの向こうの空気が変わるのがわかった。余計なことを言ってしまったと気づいた。

一瞬、短い沈黙が落ちる。

『誰と飲んでるんですか』

「……え」

『誰と、どこで飲んでるんですか』

ひりつくような口調で凱が問いかけてくる。電話をかけたのはこっちなのに、尋問されているような気分になる。

『場所を教えてください』

「えっ」

『俺、今からそこへ行きます。店の名前を教えてください』

「今からって……」

『話があるんです。今すぐ会って、話したいことが』

切羽詰まった声に、あの夜の甘い囁きが被る。

『俺なら……絶対にあなたを悲しませたりしないのに』

きっと夢なんかじゃない。聞き間違いなんかじゃない。

あれが凱の本音なのだ。そう信じたい。

信じるなんて他力本願だと恭介は笑うけれど、それでも信じたい。凱を信じて討ち死にするならそれでもいい。蛇の生殺しのような状態のまま生き続けよりは、ずっと。

「来なくていい」

酔っ払いとは思えないほど、腹の据わった声が出た。

「おれがそっちに行く」

『唯織さん……』

凱が息を呑む気配がした。

「だからお前はそこにいろ」

『でも』

「いいからそこで待ってろ！」

なんだかわからないけれど、気づいたら叫んでいた。狭い階段の踊り場に、いつもより甲高い自分の声が反響する。

「おれもお前に話がある。お前に訊きたいことが山ほどある。チョモランマくらい」

『チョ……』

「おれはもう逃げない。討ち死にする覚悟はできている」

『討ち死に……？』

「いいか。大至急戻るからそこで待ってろ。逃げるなよ！　わかったな！」

一方的に通話を切った。

「言った……言ったぞ」

意味不明な達成感が湧き上がってきて身体を震わせた。

おれは頑張った。逃げなかったぞ。

「よし、今すぐ行くからな。顔を洗って待ってろよ！　凱」

叫んですくっと勢いよく立ち上がった——と、その瞬間ぐらりと視界が揺れた。

「あっ……」

頭から血の気が引いていく。

――凱……。

ザーッと波のような音が脳内に響き、意識が遠のいていく。

「唯織！」

意識を手放す瞬間、カウベルの音と誰かの叫ぶ声が聞こえた気がした。


「ん……」

温かい布団の中で目が覚めた。目蓋《まぶた》がひどく重くて、開くのに難儀した。

薄明かりの中に見えてきたのは、見慣れた自宅の天井だった。

――おれは……。

寝る間も惜しんでパソコンに向かっていた。そしてついに完成した渾身のプロットを宍戸に送信した。そこへ恭介から『大事な話があるから出てこないか』と連絡があって……。

――そうだ、バーの外階段で凱に電話を。

混沌としていた記憶が、急速に鮮明になっていく。慌てて起き上がろうとした途端、激しい頭痛に襲われた。

「痛っ……」

寺の鐘のようにぐわんぐわんと響く頭痛に声を失くしながら、唯織は自分の左手が何かに繋がれているのに気づいた。

――これって……点滴？

間違いなくここは自宅の寝室だ。それなのになぜ点滴をされているのだろう。

横たわったまま混乱していると、部屋のドアが開いた。

「目、覚めましたか」

「凱、痛っ……」

もう一度起き上がろうとしたが、さっきよりひどい頭痛が襲ってきた。

「急に起き上がらない方がいいですよ。大分酔っていたみたいですから」

それほどじゃないと、強がる気力もなかった。

「ヒマラヤ山脈で戦をする夢でも見ていたんですか？」

「……え？」

「チョモランマとか、討ち死にとか、電話で」

「おれが？」

記憶があるようなないような。しかしはっきりと思い出さない方がいいことは、本能的にわかった。

「覚えていないならいいです」

「この点滴、お前が？」

凱は「ええ」と頷きながら、慣れた手つきで点滴の落ちる速度を調整している。

「そういやお前、医者なんだよな」

「医者ではないです。医師免許を持っているだけで」

「けど……」

こうして医療行為を許されているじゃないか。そう言いかけて呑み込んだ。

『俺は料理人です。しかもまだ駆け出しの』

凱の部屋で飲んだ夜、カウンセラーのようだと褒めた唯織に、彼は迷うことなくそう答えた。自分は不器用だから二足の草鞋《わらじ》など履けないと。あの時のどこか恥ずかしそうで、だけど誇らしげな彼の表情を思い出したのだ。

「実はこれ、自分用に実家の病院で処方してもらったんです」

「……自分用？」

「二日酔い用の点滴です。俺もこのところ、毎晩飲んだくれていたから」

ため息に混ぜて呟く凱の横顔には、疲れと自嘲が色濃く浮かんでいた。

「毎朝のように二日酔いで、店に立てなくなる寸前だったんです。情けないことに」

「どうしてそんな……」

「どうして？　それを唯織さんが訊きますか」

凱が少しだけ声色を尖らせた。

「いきなり着信拒否された挙句、六日連続で居留守を使われたんですよ？　酒でも飲まなきゃ眠れません。――カーテン開けますね」

凱はもう一度短いため息を落とすと、おもむろに立ち上がり、傍らのカーテンを開けた。

差し込んできた光の眩《まぶ》しさに、唯織は目の奥に鈍い痛みを覚えた。

「……何時だ」

もぞもぞと起き上がろうとすると、凱が手を差し伸べてくれた。

「そろそろ十時になります。何か食べますか？　食欲があるならキッチンをお借りして俺が何か作りますけど」

唯織は「いらない」と首を振った。すると凱はどこからかスポーツドリンクのペットボトルを取り出し、キャップを開けて差し出した。唯織が目を覚ました時のために買っておいてくれたらしい。

「点滴だけじゃ水分不足です」

「うん……」

素直に受け取って喉に流し込む。あまりの美味さにボトルを一気に半分空にしてしまった。

「吐き気は？」

「……ない」

凱は少し安堵《あんど》したように「よかった」と頷いた。礼を告げようと凱を見上げた唯織は、ふとその口元に見慣れないものがあることに気づいた。

「どうしたんだ、その絆創膏《ばんそうこう》」

凱の唇の端には、ペールベージュの絆創膏が貼られていたのだ。凱は指先でそれをなぞると、唯織の顔をじっと見下ろした。

「それより唯織さん、昨夜のことどれくらい覚えているんですか」

「どれくらいって……」

恭介に半ばけしかけられるように、凱に電話をしたことは覚えている。

「店の外の階段でお前に電話をして」

そこからの記憶がプッツリと消えている。

「唯織さん、電話を切った直後に倒れたんです。多分立ち上がった拍子に脳貧血を起こしたんでしょう」

「そういえば……」

最後にカウベルの音と、誰かの叫ぶ声を聞いた気がする。六階から五階に降りる階段の一番下の段に腰掛けていたため、転げ落ちるという最悪の事態は免れたらしい。

「あの人が……恭介さんがお前に連絡を？」

ありえないことだがそれしか考えられないと思ったのだが、凱は「いいえ」と首を振る。

「じゃあ、誰が」

「切れてなかったんです」

「……え」

「通話。切れていなかったんです」

まさか、と唯織は息を呑む。

「本当です。泥酔していたので、切り損ねたんでしょう。なにやらぶつぶつ言っているのが聞こえたかと思ったら、今度は『顔を洗って待ってろよ！　凱』って」

「マジか……」

唯織は頭を抱えた。まったく記憶がない。

「大分酔ってるみたいだけど大丈夫だろうかって心配していたら、突然『唯織！』って叫ぶ声がして」

『唯織！　大丈夫か、唯織！』

『頭を打っていないといいんですけど』

『呼吸は安定しているようだから、多分脳貧血でも起こしたんだろう。ったくあんな飲み方するからだ』

『救急車、呼びましょうか』

『いや、このまま俺の部屋に――』

おそらくは会話の相手はバーテンダーだったのだろう。聞こえてくる声に凍りついた凱は、スマホを握りしめて唯織の名前を呼び続けたという。

「スマホが通話状態になっていることに気づいた真柴さんが、店の場所を教えてくれたんです」

恭介は『俺の部屋に運ぶ』と言ったが、凱は『唯織さんの部屋に運んでください』と頑強に反対した。

「だっておふたりはもう別れているんですよね。泥酔している昔の恋人を自分の家に連れ込むなんて、あまり褒められたことじゃないと思うんですけど。真柴さんにそう言いました」

恭介は様々な反論を口にしたが、最終的には折れ、唯織の部屋に運ぶことに同意した。当然恭介は『俺が運んでいく』と主張したが、凱は自分が店まで迎えに行くと言い張り、最後まで譲らなかった。

「ぶつぶつ文句を垂れていましたけど、俺は医者だから、動かしていい状態なのか現場を見て判断すると言ったら、黙りました」

今さっき、自分は医者ではないと言ったくせに。

「……そうだったのか。悪かったな」

しおしおと項垂れるしかなかった。

凱は唯織のマンション前でタクシーを拾うと、大急ぎで現場に駆け付けたのだという。念のため途中『GAI』の二階にある自宅に寄り、点滴グッズ一式をバッグに詰め込んだ。

「真柴さんの顔を見てすぐに、あの時唯織さんと一緒にマンションから出てきた人だとわかりました」

「店からここへは、お前が運んでくれたのか」

「はい。正確には真柴さんとふたりで、ですけど」

「ふたりで？」

凱は小さく頷き、なぜか眉間にぎゅっと皺を寄せ、絆創膏に指先で触れた。

猛烈に嫌な予感がした。

「あの、まさかとは思うんだけど……」

凱は答えず、はあっと大きなため息をついた。

「実は、真柴さんとちょっと」

凱は語尾を濁したが、唯織に問い詰められて、何があったのかを話してくれた。

飛び込むように店内に入った凱は、奥のソファーに横たわった唯織を見つけた。呼吸状態と脈拍を診た結果、酔って眠っているだけだとわかりひとまずホッとしたという。

「唯織さんが無事だとわかって、膝から崩れ落ちそうになりました。それなのにあの人ときたら……」

凱は険しい表情で唇を噛んだ。

『ったく、いい歳《とし》して無茶な飲み方するからだ。空きっ腹に強い酒飲んだらどうなるかくらい、わかるだろうに』

まるで唯織の自業自得とでも言いたげだったという。やれやれと肩を竦める恭介の軽さが、凱の神経を思い切り逆なでした。

『空きっ腹だと知っていて、なぜそんなに飲ませたんですか』

『無理矢理飲ませたわけじゃない』

『無茶な飲み方だと思ったのに止めなかったんですよね』

『止めたさ。止めたのに聞かなかったんだよ』

初めから友好的とはいえなかったふたりの間の空気が、一気に険悪さを増したという。

『そもそも空きっ腹の人を、どうして酒の席に誘ったりしたんですか』

『はあ〜？』

恭介は声を裏返した。

『お前は何か、人を酒に誘う時、いちいち腹の空き具合を尋ねるのか。そういうのをなんというか教えてやる。言いがかりというんだ』

凱はぐっと黙り込む。言いがかりだという自覚があるからこそ、苛立ちが加速した。

『大体、俺に突っかかる資格がお前にあるのか』

『どういう意味ですか？』

『とぼけるな。誰のせいで唯織がこうなったと思っているんだ』

『俺のせいだって言いたいんですか』

『他に誰がいる。思い当たることがあるんじゃないのか？』

『…………』

ふたたび凱が押し黙ると、恭介は鬼の首でも取ったように『ふんっ』と鼻を鳴らした。

『自分に後ろ暗いところがあるから、俺に難癖つけているんだろ。そんな好青年面して二股かけるとは。まったく人は見かけによらないもんだ』

『……なんだと』

凱の脳内でカチンとゴングが鳴った。

『俺は二股なんてかけていません！』

『じゃあなんで唯織はこんなことになってるんだ』

『あなたが空きっ腹に飲ませたからでしょうが』

『だから飲ませてねえって言ってんだろ。話をすり替えるな、この二股野郎！』

『二股なんてかけてない！　何度も言わせないでください！』

『じゃあどうして唯織にそう言ってやらないんだ！』

『何度も言おうとしました！　でも会ってもらえなかったんです！』

『本気で伝えたいならどうにでもなるだろ。マンションの前で拡声器で騒ぐとか、宅配業者を装って拉致するとか！』

『そんなの犯罪――』

『本気で好きなら犯罪くらいでビビるな！　この×××野郎！』

放送禁止用語を叫んだ恭介の頬に、気づけば拳を見舞っていたという。

「そしたら『てめえ、なにしやがんだ』って、殴り返され」

バーテンダーが取りなすまで、ふたりはくんずほぐれつの闘いを続けたのだという。

「喧嘩している場合じゃないでしょうって店の方に窘《たしな》められて……」

我に返った凱は、唯織に持参した点滴を施した。凱が唯織を抱き、恭介が点滴を持ち、タクシーでここまで運んだのだという。

唯織は口を半開きにしたまま、凱の話を聞いていた。独特の恋愛観を持っている恭介だが、暴力を振るわれたことはただの一度もなかった。それだけに凱の話は俄かには信じられないものだった。しかしそれよりもっと信じられないのは、凱が先に手を出したということだ。しかも原因になったのは他でもない、唯織だというのだから……。

「俺、二股なんてかけていません。神さまに誓ってもいいです」

拳を握りしめ、凱が言った。

「俺が好きな人はひとりしかいません。唯織さん、あなたです」

「……っ」

弾《はじ》かれたように、唯織は凱を見上げる。

泣き出しそうなふたつの瞳が、じっとこちらを見下ろしていた。

「でも……」

「箕浦さんのことですよね」

その名前が出ることはわかっていたのに、身体がビクンと竦んだ。

真実を知りたい。知りたくない。聞きたい。聞きたくない。

揺れる心を持て余していると、凱がベッドの端に静かに腰を下ろした。

「俺の話を、聞いてもらえますか」

身体を固くしたまま、小さく頷くのがやっとだった。もう逃げないと、あれほど強く決心したのに。

「少し長くなると思うので、途中で具合が悪くなったら横になってくださいね」

「……大丈夫だ」

凱は優しく微笑み、それから静かに口を開いた。

「俺が研修医を辞めて料理人になったことは、前に話しましたよね」

「……うん」

四年前、前職を辞めて料理の修業のためにパリに渡ったと凱は言った。前職というのが研修医だったとは、あの時は夢にも思わなかった。

「当時俺は、心臓血管外科で研修をしていました。最後に立ち会った手術は、動脈瘤《どうみゃくりゅう》の手術でした。動脈瘤ってわかりますか？」

「血管にできる瘤《こぶ》のことだろ」

はい、と凱は頷く。

「胸部の大動脈瘤でした。患者さんは八十代の女性で、正直かなり厳しい状態でした。患部がかなり広範囲に亘っていた上に、ところどころ癒着が……。高齢ということもあって、あちこちの病院で手術を断られたようで、最終的にうちが引き受けることにしたんです」

凱は当時のことを思い出すように、ぽつり、ぽつりと言葉を紡いだ。

成功率の低い手術を、大抵の病院は引き受けたがらない。難しい手術を成功させれば病院の評価は上がるが、逆もまた真なりだ。病院経営は慈善事業ではない。失敗する可能性が高いとわかっていて、それでもその患者を受け入れる病院は少ない。それが現実なのだ。

「うちの病院の中でも一番腕がいいと評判の、ベテランの先生が執刀することになりました。それでも手術が成功する確率は五十パーセント以下でした」

詳しい病状と手術を受けることのリスクを、担当医が丁寧に説明した。最終的には本人も家族もすべてを納得した上で、手術が行われることになった。

「厳しい状況だと知っても、患者さんはずっと明るくて……時には冗談を言ったりして、ご家族だけでなく俺たちも、逆に彼女から元気づけられていました」

チャーミングで、本当に素敵なお婆《ばあ》ちゃんだったと、凱はほんの少しだけ口元を緩めた。

手術は三回に分けて行われることになった。一度では瘤を取り切れないことは、誰の目にも明らかだったからだ。一回目と二回目の手術は成功したが、その時点で瘤が残っていることもわかっていた。そこらあたりが限界だろうということも。

患者の体力を考えれば三回目の手術の実施を急ぐことは得策ではない。それが病院側の共通認識だった。無論家族にも正直に説明をした。

「二度目の退院の後、結局その残っていた瘤が破裂してしまったんです。救急搬送されてきた時には合併症も引き起こしていて、重篤な状態でした」

仮に命の糸を繋ぐことができたとしても、意識が戻る見込みはゼロに近かったという。

「結局三回目の手術はできず、そのまま……」

その時の思いが蘇ってきたのだろう、凱は唇を噛んで俯いた。

幼い頃、祖母の家に預けられ、そこで料理の楽しさを覚えた凱。彼がその高齢の患者に、自分の祖母の姿を重ねていたであろうことは容易に想像がつく。

絶望的な状態だとわかっていても、なんとか助けてやりたかったに違いない。どんなにか悔しかったことだろう。無念だったことだろう。四年前の凱を、後ろからぎゅっと抱きしめてやりたい。胸の痛みに苛《さいな》まれていると、凱がおもむろに口を開いた。

「その患者さん、箕浦さんという方でした。箕浦文代《ふみよ》さん」

凱が床に落としていた視線を、ゆっくりと上げた。

「箕浦……」

一瞬、何を言われているのかわからなかった。数秒のタイムラグの後、唯織はハッと息を呑んだ。

「じゃあ、その患者さんは」

「な……」

「箕浦涼音さんの、お祖母さんです」

「箕浦涼音さんは、四年前に神崎総合病院で亡くなった患者さんの、お孫さんだったんです」

唯織は声を失くし、大きく目を見開いた。

——そんなことって……。

「ありきたりな苗字だったら、気づかなかったかもしれません。でも箕浦なんてそうある苗字じゃない。しかも涼音さんくらいの年齢のお孫さんがいることを、俺は文代さんから聞かされていて知っていたんです」

文代の入院中、涼音は何度か病室を訪れていたらしいが、凱はいつもすれ違いで、当時彼女の顔を見たことは一度もなかったのだという。

しかしそれならなぜあの時、その場で涼音に確認しなかったのだろう。それを躊躇《ためら》わせる事情でもあったのだろうか。唯織の疑問を察したように、凱は話を続けた。

「救急搬送されてきて三日目の深夜、文代さんの容体が急変しました。その晩のICU《集中治療室》の担当は俺でした」

研修医なりに手は尽くした。やれることは限られていたが、担当医が来るまではと必死に処置をしたという。しかしその甲斐《かい》なく、凱の目の前で文代は息を引き取った。

「患者さんの臨終に立ち会ったのは、その時が初めてじゃありませんでした。けど箕浦さんが亡くなった直後から、俺はメスが持てなくなりました」

「……え」

「それでもごまかしごまかし、どうにか出勤していたんですけど、ある朝ベッドから起き上がることができなくなって、とうとう病院へも行けなくなって……」

精神科を訪れた凱は、うつ状態だと診断された。そのまま研修医を辞めることになったのだという。

「どうしてそんな……」

訊きかけて、唯織はハッとした。

「まさかお前、訴えられたのか？」

元々成功率の低い手術だとわかっていても、いざ肉親の死に遭遇すると平静ではいられない。死を頭で理解するのと、心が受け入れることはまったく別のことなのだ。医師の説明は理解できる。ベストを尽くしてくれたことも。けれど、だからといって愛する家族の死を受け入れることはとてもできない。

だから探す。どこかにミスはなかったのかと。誰かがミスをしなかっただろうかと。過った不安をしかし、凱は否定した。

「いえ。医療事故じゃないことは、ご家族も理解してくださいました。それに俺は研修医で、メスを握っていたわけじゃありませんから」

「……それもそうか」

「文代さんの死は、単なるきっかけだったんです。遅かれ早かれ俺は医師を辞めた」

凱は背筋を伸ばし、大きくひとつ深呼吸をした。

「時間の問題だったんです。むしろもっと早く辞めるべきだった。というか、そもそも医学部に進んだこと自体が間違いだったんです」

「そんなことは」

凱は「いいえ」と首を振る。

「間違いでした。俺は医師になっちゃいけなかった。少なくともあんな……中途半端な覚悟で医師を目指しちゃいけなかった。俺に兄がいたことは話しましたよね」

「ああ」

「亡くなった時、俺は高二で兄は大学生……医学部の三年生でした」

幼少期より頭脳明晰、成績優秀だった兄が、神崎総合病院の跡継ぎになることは、親族一同の暗黙の了解だった。兄本人も自分が将来父と同じ外科医になることに、なんの疑いも抱いていなかったという。

弟の凱も成績は悪くなかったが、なぜなのか小さい頃から料理の魅力に取りつかれ『将来は料理人になりたい』と明言して憚らなかった。跡継ぎは多い方がいいが、そこまではっきりとした希望があるなら好きにすればいい。そう考えていた両親は、息子たちの進路選択にほとんど口を出さなかったという。

「ところがその兄が亡くなってしまって……事情が変わったんです」

若い肉体を蝕んだ病巣は恐ろしい勢いで増殖した。病気が発覚してから一年持たず、兄は旅立ってしまったという。

「家の中から火が消えたみたいでした。誰もしゃべらない、笑わない……黙々とそれぞれのやるべきことをこなすだけでした。そんな両親を見ているのは辛かった。だけど俺にはどうすることもできないと思っていたんですけど……」

病状がいよいよ深刻になってきた頃、兄とふたりで話す機会があったという。

『凱、お前は昔からやればできる子だったよな。神崎家では、成績担当は俺みたいな雰囲気があったけど、お前だって本当は相当頭がよかった』

『どうしたの、突然そんなこと』

『父さんと母さんのこと、よろしく頼むぞ』

『……兄さん』

『頼んだからな、凱』

窓の外に視線をやりながら、兄は小さな声で、しかしはっきりとそう言ったという。

「俺は『何言ってるんだよ』って笑ってごまかしたんですけど、兄が亡くなってからしばらくして、その時の言葉を思い出したんです」

両親を頼む。託されたものの重みと、自分の選ぶべき道を悟った凱は、悩んだ末に、医学部に進学することを決意した。

「元々うちの両親は、進路に関しては本人に任せるというスタンスでしたけど、俺が医学部に行きたいと言い出した時は、戸惑いながらも喜びを隠しきれない感じでした」

兄の遺志を継ぐようにして凱は無事、医学部に合格を果たした。その頃になってようやく家族の間には、会話と笑顔が戻ってきたという。

「草葉の陰で兄も喜んでくれているだろうと思うと、俺も嬉しかった。でも……心の奥にはいつも迷いがありました。諦めたはずの、厳重に封印したはずの夢が、時々思い出したように疼くんです」

料理は趣味として続ければいい。そう思おうとしても、幼い頃から心に灯《とも》し続けてきた夢の炎が完全に消えることはなかった。晴れて医師免許を取得し、研修医として働き始めてからも、心の揺れが収まることはなかった。

「自分の未練がましさが、ものすごく嫌でした。料理人になることをまだ諦めきれずにいるなんて、誰にも知られちゃいけない。特に父と母に勘づかれるわけにはいかない。一生隠し続けなければ……そう自分に言い聞かせ続けていました」

研修医は聞きしに勝る激務だったが、それがかえってよかったのだと凱は言う。

「二十四時間忙しくて、余計なことを考える暇なんてなかった。けど少しずつ仕事に慣れてくると、また心に余裕という名の隙間ができてしまったんです」

箕浦文代の死に立ち会ったのは、そんな時だったという。

「先生たちはみんな、ベストを尽くしたと思います。もちろん俺も、やれる限りのことをやりました。でも文代さんの死の直後から、時々考えるようになったんです。俺の頭の中は、あの時本当に百パーセント医師だったのか、って」

「……どういう意味だ」

唯織は思わず眉根を寄せた。

「頭の中というか、正確には心の中ですね。自分の心の芯の部分に、いつも料理人になりたいという夢がある。どんなに消し去ろうとしても、追い出そうとしても無理だということを、俺自身が一番よくわかっていました」

「だからって、半端な気持ちで処置に臨んだわけじゃないだろ」

「もちろん患者さんと接している時は、いつだって必死でした。手を抜いたことなんて一度頭だけでなく心の中も、完璧に医師じゃなくちゃいけないんじゃないかと」

「そんなこと」

唯織はふるふると頭を振った。

「無理だ。そんな医者は世界のどこにもいない」

「精神科の先生にもそう言われました。医師も人間。二十四時間仕事のことを考えていなければならないなんてことはないんですよって。でも俺の場合は、そういうのとは少し違ったんです。息抜きでも気分転換でもない。二十四時間ずっと、心の中に炎があるんです。捨てないでくれ、本当のお前はこっちだろって、ゆらゆらと俺を誘う炎が……」

施した医療にミスはなかった。文代の家族も納得している。

それでも、いや、だからこそ自分を責めてしまったのかもしれないと凱は言った。そしてそんなふうに考えてしまう自分は、医師という仕事に向いていないのではと考えるようになっていったのだという。

「思考が一旦悪い方に転がり出すと、後はもうとめどなく」

「心を……病んでしまったんだな」

ええ、と凱が頷く。

「病院に出勤できないまま、結局辞めることになりました」

「そっか……」

『唯織さんは弱くなんかない。本当に弱い人間は、逃げますから』

あの日、抜けるような青空を見上げ、凱はため息をついた。

『俺は……逃げました』

今、ようやくあの台詞の意味がわかった。

「辛かったな」

凱は俯き加減に静かに首を振ったが、それは「いいえ」の意味でないと、唯織にはわかっていた。

不安定な心を抱え、家に閉じこもる日々を送っていた凱に、手を差し伸べたのは他でもない両親だったという。

「ある日、突然学芸会が始まったんです」

「学芸会?」

凱が「ええ」と頷いた。なぜか楽しげな笑みを浮かべている。

『ああ疲れた。ここのところ、忙しくてかなわないな』

夕食の席で、突然父がそう口にした。

『私もよ。しばらく外食にも出ていないわ』

父とアイコンタクトを取りながら母も相槌《あいづち》を打つ。

『そういえば最近、凱の料理を食べていないなあ。前はよく作ってくれただろ』

『そうだ凱、あなた家にいるなら何か作ってくれないかしら』

『おお、それがいい。父さんはブイヤベースがいいな』

『私はオニオングラタンスープがいいわ』

「励まそうとしてくれているのはわかったんですけど、なんせふたりとも台詞が棒読みで」

それで学芸会か。当時を思い出したのだろう、凱はクスクスと笑った。

「お前の不器用は、ご両親譲りってことか」

「だと思います」

戸惑いながらもキッチンに立った凱は、無心でブイヤベースを作った。両親は『レストランのより美味しい』『お前は天才だ』と、またしても芝居がかった台詞回しで息子の料理を褒めちぎったという。

翌日もその翌日も、凱はキッチンに立ち続けた。そして徐々に生きる気力を取り戻していった。そんなことが数ヶ月続いたある夜、凱は父の書斎に呼ばれた。

『凱、お前、料理の修業にでも行ってきたらどうだ』

いきなり切り出され、凱は大いに面食らった。

『……いいの？』

『お前の人生はお前のものだ。私は口出しをするつもりはない。だが迷っているのなら思い切って行ってみるのも悪くないんじゃないか?』

息子の心を支配しているものに、両親はとっくに気づいていたのだろう。凱はいの一番に祖母に渡仏を打ち明けた。彼女は大喜びで『知り合いのシェフを紹介するわ』と言ってくれたが、凱はあえてそれを断った。誰ひとり助けてくれる人のいない厳しい環境で、どこまでやれるのか試したい。乗り越えられた時初めて、粉々に砕けてしまった自信が取り戻せる。そう考えたのだという。

「それからは、唯織さんにお話しした通りです」

荒波に揉《も》まれるようにあちこちのレストランで修業を重ねた凱は、少しずつ自分を取り戻した。そして四年後、日本に帰国。『GAI』をオープンした。

「あの日、彼女の名刺を見た瞬間、俺は血が逆流するくらい驚きました。心臓が止まるかと思いました。おそるおそる涼音さんの顔を見たら、疑いようもないほど文代さんの面影があって……間違いないと確信しました」

「……そうだったのか」

あの日、涼音の名刺に視線を落とした途端、凱はその表情を強張らせたように見えた。

『箕浦……涼音さん』

声を震わせていた理由は、唯織の想像など遠く及ばないものだった。

「それであの日、ふたりで文代さんのお墓に?」

「はい。本当はパリに行く前に行きたかったんですけど」

病院の事務局に問い合わせたが、亡くなった患者さんのお墓の場所まではわからないと言われてしまったという。考えてみれば当たり前のことだったと、凱は自嘲の笑みを浮かべた。

「涼音さんも、驚いただろうな」

「はい。そんなことしてもらわなくてもいいって、逆に恐縮させてしまいました」

墓参りを遠慮する涼音に、凱は当時の事情を正直に話したのだという。

「本当はひとりで行くつもりだったんですけど、箕浦さん、俺の気持ちを理解してくれて、そういうことなら自分も一緒に行くって言ってくれたんです」

病院の対応にはなんの不満もなかったし、結果にも納得している。お祖母ちゃんだってお医者さんたちに感謝しているはずだ。涼音は文代の墓の前で、優しく微笑んでくれたという。

「遺族である箕浦さんからそう言ってもらえて、心の重石《おもし》が取れていくようでした」

「涼音さんらしいな」

「いい人ですね」

「うん。いい子だよ」

だから余計に辛かった。彼女なら凱の恋人としてふさわしいのではないか。そんなふうに考えてしまったから。

「長々と話してしまいましたね。二日酔いのところ、すみませんでした」

唯織はいや、と小さく頭を振った。

「道端では話せなかった理由、わかってもらえましたか」

「ああ」

「よかった。で、誤解は解けましたか？」

凱がその身体をゆっくりとこちらに向けた。正面から顔を覗き込まれ、ドクンと心臓が鳴った。

「着信拒否したり、居留守使ったりしたのは、俺と彼女のこと、疑っていたからですよね」

「お、おれはっ」

みっともなく声が震える。この期に及んでどんな言い訳をしようというのか。

職業柄、言い訳の台詞は無数に浮かんでくるけれど、唯織はそれらをすべて却下し、素直に認める道を選んだ。

「……ごめん。勝手に誤解したおれが悪かった」

「電話にも出てもらえない。部屋の電気は点いているのにインターホンを鳴らしても無視される。毎日毎晩。俺がどれだけ傷ついたと思ってるんですか」

本気でむくれる凱の前で、唯織はしおしおと項垂れる。

「悪かったよ。お前が涼音さんにひと目惚れしたんじゃないかと思った途端、頭が真っ白になった。その後彼女からまたお前と会うと聞かされて、完全にデートだと……」

「早とちりもいいところですね」

「本当に悪かった」

「ひとつお聞きしたいんですけど、頭が真っ白になったのは、どうしてですか」

「……えっ」

唯織はのろりと顔を上げた。凱の顔がさっきよりずっと近くにあって、またぞろ鼓動がせわしくなる。

「どうしてって……衝撃が、大きかったから」

「なぜそれほどの衝撃が？」

「だからそれは——」

言いかけて口を噤《つぐ》んだ。これはあからさまな誘導尋問だ。

さあ気持ちを聞かせてくださいと、凱が誘っているのだ。

『俺が好きな人はひとりしかいません。唯織さん、あなたです』

告白の余韻は、鼓膜に、脳に、胸に、はっきりと残っている。

「それはおれが」

これでもかというほど整った顔が、真っ直ぐ唯織に向けられる。熱の籠った視線の中に見え隠れする微かな不安の色に、唯織の胸は疼く。

——バカだな。そんな顔しなくていいのに。だっておれが好きなのは……。

もう迷いなどひとつもなかった。迷子の子供のように瞳を揺らすこの年下シェフを、早くとびきりの笑顔にしてやりたい。ただ、それだけだ。

「おれも、お前のことが好き——んっ……」

みなまで告げる前に、唇を塞がれた。

およそ凱らしくない荒っぽい仕草に、唯織の心臓はぎゅうっと痛みを覚える。少し苦しくて、とてつもなく嬉しい。そんな甘い痛みだ。

「……っ……ふっ……」

「好きです……大好きです……唯織さん」

「……んっ……おれも……」

「ひと目惚れでした」

「おれも……っ……多分」

「本当なら嬉しいな」

「……ん……うそじゃ、ないっ……」

キスの合間に思いを囁き合う。言葉だけではとても足りないから、溢れ出す激情を少しでも伝えようと、互いの唇を貪った。

「くそっ、邪魔だな」

凱が唇の端に貼られた絆創膏を、毟《むし》り取るように剝《は》がした。現れた赤黒い内出血の痕が、生々しくて痛々しい。

「痛かっただろ」

「これくらい平気です」

「でも……」

「あっちには二発お見舞いしておきましたから」

そういう問題じゃないと思いつつ、唯織は「そっか」と笑った。

もう一度唇を重ねる。

「……っ……ん、ふ……」

テクニックもくそもない、不器用なキス。だけど確実に伝わってくるものがあった。

あなたが好きです。好きで好きでたまらない。凱の胸の裡《うち》が手に取るようにわかる。

——おれも好きだ……お前が好きだ。

愛情と同時に高まってくる欲望を自覚した時だ。凱の身体がすーっと離れていった。急にどうしたんだと尋ねる前に、凱がこほんとひとつ咳ばらいをした。

「点滴、終わったみたいです」

「あ……ああ、本当だ」

「気分はどうですか？　もうひとパック用意してきたんですけど」

「いや、もう大丈夫だ」

情熱的なキスに煽《あお》られて、二日酔いなどどこかへ飛んでいってしまった。

「なら外していいですか」

「あ……うん、頼む」

凱が手際よく点滴を外す様子を、唯織はキスの余韻の中で見つめていた。

「少しの間、押さえていてください」

針の刺さっていたところに止血用の綿を貼り付け、ちょっとだけ医師っぽい口調で凱は言った。

「あの、唯織さん」

「なんだ」

「本当にもう大丈夫ですか」

「大丈夫だと言っているだろ」

「頭痛とか、吐き気とか――」

「ない」

いくら不器用でもここは察しろ。今大事なのはキスの続きだろうが。

そんな思いを込めて彼の腕を引き寄せようとしたのだが。

「あの、ですね」

凱が突然落ち着きなく、視線を壁や床に散らし始めた。

「どうした」

「ちょっと……大事なお話が」

「話？　どんな話だ」

唯織は思わず眉根を寄せる。察しが悪いにもほどがあるだろう。

「お話というか、ご相談というか、いや、この場合お願いか」

「なんでもいいから早く言えよ」

「はい……」

もじもじと、布団に〝の〟の字でも書き始めそうな様子に、唯織の苛立ちは加速する。

今おれとお前のすべきことは「お話」じゃなくて、「キスの続き」だろ。違うのか。

摑みかかりたい気持ちを抑えるべく、唯織は深呼吸をする。

「どんなお願いだ」

「聞いて……もらえますか？」

上目遣いに尋ねられ、唯織は思わず小さく噴き出した。

「内容を知る前に、聞き入れるかどうか答えろというのか」

「そ、そうですよね。すみません」

困ったように縮こまる凱が可愛くてたまらない。

「まあいい。よほど無茶なお願いじゃなければなんでも聞いてやる」

余裕をかまして答えると、凱がパッと破顔した。大好物のおやつを目の前にした子供のように。

「なんでもですか？　本当に？」

「ああ。早く言ってみろ」

凱は喜びを隠しきれない様子で居住まいを正す。そして唯織の予想の斜め上を行く台詞を口にした。

「セックスしたいです」

「な……」

直球すぎる〝お願い〟に、一瞬思考が止まる。口を開いたまま固まる唯織に、凱は情熱的な〝お願い〟を続けた。

「あなたを抱きたいです。今、ここで、唯織さんを俺のものにしたいんです。俺だけのものに……」

赤裸々な〝お願い〟の連射に、唯織の頬はみるみる朱に染まる。

「お、お前、そういうことは」

「やっぱりダメ、ですか？」

「ダメとかじゃなくて」

「じゃ、いいんですか？」

縋《すが》るような瞳がどうしようもなく愛《いと》おしい。

不器用なのはわかっていたけれど、ここまで重症だったとは知らなかった。凱のことをずっと「躾の行き届いた賢い大型犬」だと思っていたけれど、どうやら少しばかり認識を変える必要がありそうだ。

——不器用の針を振り切った、わりとおバカな大型犬……？

うん。悪くない。そしてとてつもなく愛らしい。

不器用な大型犬が、今日から唯織の恋人だ。

唯織はやおら、着ていたシャツを脱ぎにかかる。横で凱が驚いたように目を見開いた。

「い、唯織さん？」

「するんだろ？」

「い、いいんですか？」

まだ腰が引けている凱を、「くどい」と一蹴した。

「お前の願いならなんでも聞いてやると言ったのを聞いていなかったのか」

「聞いてました。ちゃんと聞いていました」

「だったら」

右、左と袖《そで》から腕を抜き、着ていたコットンシャツをベッドサイドに放り投げた。下着代わりのTシャツ一枚になった唯織は、傍らの恋人の顎にそっと手をやると、その唇に素早く口づけをした。

「おれだってお前が好きなんだ。だから……」

抱いてくれ。

耳元で囁くと、長い腕が伸びてきて息が止まるほど強く抱きしめられた。

互いに服を脱がせ合う。そのわずかな時間すら惜しむように、キスを繰り返した。

「……んっ……ふっ……」

歯列を割って、分厚い舌がぬるりと口内に侵入してくる。受け入れる態勢も整わないまま搔き回され、早くも息が上がる。湿った舌が絡んだと思ったら、舌の付け根が痛むほどぎゅっと強く吸い上げられた。

「……っ……ん……」

ふたりしてボクサーショーツ一枚になる頃には、唯織の体温はすっかり上がっていた。目の前に現れた胸板の厚さに、凱が着やせするタイプだったと知った。腹筋はきれいに六つに割れ、両の腕にもみっしりと筋肉がついている。重い鍋やフライパンを扱う仕事は、かなりの重労働なのだろう。

ぞくり、と身体の奥が熱くなる。

ギリシャ彫刻のような体軀《たいく》に見惚《みと》れ、ひっそりと吐息を漏らしたところで、ふと自分の身体に目をやった唯織は、そのあまりの貧弱さにげんなりとした。ただでさえ華奢《きゃしゃ》なのに、このところの無理がたたって、肉という肉が削げ落ちてしまっている。あばら骨が浮いた三十男の身体など誰も見たくないだろうと思ったのだが。

「きれいです……」

大型犬は目が悪いのか、それとも独特の美的感覚を持っているのか、うっとりとした声で囁いた。

「それは嫌味か」

「とんでもない。すごくエロくて……ぞくぞくします」

「エ……」

真顔で口にする台詞でもないだろう。そう茶化そうとしたのだが、凱の喉元がゴクリと上下するのを見て、唯織はたまらず視線を逸らしてしまう。

——お前の方がよっぽどエロいだろ。

「どう見ても痩せすぎだろ」

プロットを完成させたい一心でさすがに無茶をしすぎたことを、今になってちょっぴり反省した。

「大丈夫です。これから俺が毎日美味しい料理を作ってあげますから」

笑顔でそう囁く凱と、膝立ちになって向かい合った。狭いシングルベッドはふたり分の体重に耐えかねてギシッと鈍く軋《きし》んだ。

もう一度唇を重ねる。さっきより深く熱いキスを交わす。

「……っ……あっ……」

上顎の敏感な部分をぬるりとなぞられ、身体がビクビクと跳ねる。

「気持ちいいですか？」

唇から引いた唾液《だえき》の糸を拳で拭《ぬぐ》いながら、凱が尋ねる。淫猥《いんわい》に湿った声がこれからふたりですることを想像させ、唯織はますます体温を上げた。

「……ってるだろ」

「え？」

「気持ちいいに決まってるだろっ」

ぷいっと顔を背けてしまったのは、急速な高まりに戸惑っているからだ。そんな子供じみた反応にもしかし、素直な大型犬はとても嬉しそうだ。

「ならよかった」

「いちいち確認するな」

「すみません。でもやっぱり不安で」

「不安？　何が」

「いえ、いいんです。俺の気持ちの問題なので」

凱は俯き加減にふるんと頭を振ると、唯織の薄っぺらい胸板にそっと手を伸ばした。

「……触ります」

「だからいちいち——あっ」

一瞬、感電したのかと思った。凱の指先が触れた場所から熱が生まれて、あっという間に身体中を駆け巡った。

「あ……ぁ……」

脇腹に、下腹部に、凱が指を這わす。ぞくぞくと湧き上がってくる快感に、身体の力が抜けそうになる。

「腕を少し上げてください」

「……え」

「腋《わき》、見せてください」

「なんで、そんなとこ」

「唯織さんの身体……全部見たいんです」

凱が低く囁く。

「唯織さんのこと、知りたいんです、全部」

——こいつ……。

物馴れないキスから想像するに、性的な経験値は低そうだ。それなのに挙動のひとつひとつが、これでもかと唯織を煽る。計算など一切していないだろうに。

真っ直ぐに、ただひたすらに欲望をぶつけてくる凱。そのひたむきな愛に呑み込まれながら、唯織は不意に気づいた。

——そうか。それで……。

凱は敏い青年だ。自分の経験不足を認識している。唯織が一年半前まで、七つも年上の男と恋人関係だったことも。

だから嫌でも比べてしまうのだろう。そして一秒でも早く、唯織の中から過去を消し去ってしまいたい、自分の痕跡を刻みつけたいと焦っているのだろう。

——マーキングじゃあるまいし。

笑いを押し殺したのも束《つか》の間《ま》、露《あらわ》になった腋と二の腕の内側をぬるぬると舐め回され、唯織は高い声を上げる。

「ああ、や、めっ……」

下半身が脱力し、膝立ちを保っていられなくなった。崩れ落ちそうになった唯織を、凱がしっかりと抱き留めてくれた。触れ合った凱の肌はしっとりと湿っていて、唯織の喉は浅ましく鳴った。

「大丈夫ですか」

目眩でも起こしたと勘違いしたのか、凱が心配そうに顔を覗き込んでくる。

「大丈夫だ。気持ちよすぎて力が抜けただけだ」

「唯織さん……」

　恥ずかしい台詞を口にするのに、もう抵抗はなかった。過去の男と自分を比べて焦ってい
る年下の恋人には、きっと直球すぎるくらいがちょうどいい。

「もっと舐めてもいいですか」

「だからいちいち――あっ……」

　圧《お》し掛かられるように、ベッドに押し倒された。

「あ……あぁ……凱……」

　首筋から鎖骨を掠めた熱い唇が、ささやかな胸の粒をちゅっと吸い上げる。同時にもう一
方の粒を指で捏《こ》ね回され、唯織は白い喉を反らした。

　ここしばらく存在すら忘れていたが、唯織はそこがひどく弱い。そんなことを知っている
はずもないのに、凱は楽しいおもちゃでも見つけたように小さな粒に執着した。

「あぁ……やめっ、そこ……」

「唯織さんの乳首、めちゃくちゃ可愛いです」

「そゆこと、あっ……やぁ……」

　いたずらするように軽く歯を立てられて、唯織はたまらず細い腰を揺らした。胸の粒から
腰の奥まで、快感がダイレクトに伝わっていくのがわかる。

「嬉しいです。唯織さんが感じてくれて」

「え……」

「もうこんなに濡《ぬ》れてる」

指摘された場所に視線を落とした唯織は、思わず「あっ」と声を上げた。すっかり形を成した中心に押し上げられたボクサーショーツには、大きな染みができていた。

その中心に指先で触れると、凱は「ほら」と糸を引かせた。

「い、いちいち報告すんなっ」

「すみません」

「謝るな、ああっ、そこ、やぁ……」

羞恥に赤く染まった耳朶《じだ》を甘噛みされ、唯織は泣き声のような嬌声《きょうせい》を上げた。

「俺、わかりました。唯織さんの『やめろ』とか『やだ』は、反対の意味なんですね」

難解な方程式の解を見つけ出したように瞳を輝かせるから、唯織は眉尻《まゆじり》を下げて脱力するしかなかった。そして心の中でそっと付け加える。

――不器用の針を振り切った、わりとおバカな大型犬（天然）。

「お前、ずいぶんと余裕じゃないか」

ジロリと睨み上げると、凱は「え？」と目を見開いた。

「それだけべらべらとしゃべることができるんだから、余裕綽《しゃく》々《しゃく》なんだろ？」

「そ、そんな、違います」

焦る凱を無視して、唯織は己のボクサーショーツのウエストに手を掛けた。

「申し訳ないが、おれはもう余裕がない」

圧し掛かっている身体を押しのけ、ボクサーショーツを脱いだ。足首に引っかかったそれをつま先で蹴飛ばすようにベッドの脇に落とす。

「もうこんなんだからな」

「い、唯織さん……」

先端を卑猥に濡らした中心を、唯織は隠すことなく見せつける。凱は大きく目を瞠《みは》り、ごくりと喉を鳴らした。

「わかるだろ？　おれはこんなにもお前が……」

欲しいんだ。肝心の部分を呑み込んでも、十分に伝わるはずだ。

作家などという仕事をしているからこそわかる。言葉というものがいかに不完全で不十分なものなのかということが。

愛を伝える時、言葉は単なるパテだと唯織は常々思っている。ふたりの間に漂う空気の温度、湿度、不意のアイコンタクト、交わす笑み——。そんな形のないものが実は愛の本体で、言葉はそれらの隙間を埋めるパテのようなものなのだ。

だからこんなふうに、心を震わせながら目と目を合わせる時間に、言葉はいらない。

——いらないんだよ、凱。

唯織の気持ちを受け止めたのだろう、凱は素早く自分のボクサーショーツを脱ぎ捨てた。目の前に現れたそれは、想像していた以上に猛々《たけだけ》しくて、唯織は思わず息を呑む。

凱がふたたび覆いかぶさってくる。硬い熱同士がぐりっと触れ合って、たまらず「あぁ……」と湿った吐息が漏れた。

凱がゆっくりと腰を動かす。唯織の体液が潤滑剤になって、ふたりの中心はぬるぬるといやらしく擦《こす》れ合った。

「くっ……あぁ……」

込み上げてくる快感を、いなすのが難しい。それほどまで急激に唯織は高まっていく。凱もまた感じているのだろう。薄く目を閉じ、呼吸を乱している。

──エロい顔……。

真っ直ぐで誠実な好青年。そんな普段の顔とはまるで違う、欲望に身を委ねた表情が、唯織の本能をこれでもかと刺激した。

凱の大きな手のひらが、唯織の背中を、腰を、尻を、余すところなく撫《な》で回す。まるで「ほら、これが俺の手のひらですよ。覚えてくださいね」とでも言いたげに。

──やっぱりマーキングっぽいな。

小さく微笑んだ瞬間、凱の手が双丘の狭間に忍び込んできた。

「あっ……」

意図を悟った唯織は、ビクンと身体を竦ませる。しかし凱は無言のまま、双丘の奥まで手を滑らせ、あっという間に秘孔の場所を探し当てた。

「あ、そこ、やっ……」

微かな抵抗を、凱は華麗なまでにスルーした。唯織の先端から溢れた快感の証《あかし》は、幹を伝って双丘の狭間にまで流れ伝っている。凱はそれを指先に纏《まと》わせると、入り口の襞《ひだ》にぬるりと触れた。

「やっ……あっ、あぁ……」

腰を反らして逃げを打ってみても、凱は指の動きを止めない。

「や、だっ……」

たまらず凱の腰のあたりに指を食い込ませた瞬間、凱の指先がぬるりと襞の内側に侵入してきた。

「ああっ……そこっ……ダ、メ……」

あられもない声を上げ、唯織は腰を戦慄《わなな》かせた。窄《すぼ》まろうとするその場所を、凱の節くれだった指がぬちぬちと出入りする。

「や……凱……あぁ……んっ」

逃げようと腰を浮かせてしまうのは本能だ。しかし凱はそれを許さず、何度も唯織の細い腰を引き戻した。

「あぁ……や……だっ、それ」

執拗な指の愛撫《あいぶ》が続く。奥へ、また少し奥へと、ゆっくりとだが確実に、長い指が進む。

唯織は眦《まなじり》にうっすらと涙を浮かべて喘《あえ》いだ。

「あっ！」

凱の指がそこに触れた瞬間、唯織はひと際高い嬌声を上げた。

「そ、そこっ……ああっ！」

これまでとは比べ物にならないほど強烈な快感が、全身を貫く。

「……ここですか」

前立腺《ぜんりつせん》の裏側が泣き所だという知識はあったのだろう、凱は「やっと見つけた」とばかりに口元に満足げな笑みを浮かべた。

「そこ、されたらっ……あっ……」

いくらも持たない。伝えたいのに、込み上げてくる熱量の大きさに負けてしまう。

「や、めっ……あぁ……んっ」

涙声で訴えても、凱は動きを止めない。

人の話を聞け！　と叫ぼうとして呑み込んだ。言葉など必要ない。暗にメッセージを送ったのは唯織自身だ。さらに先刻の不穏な台詞が蘇る。

『唯織さんの「やめろ」とか「やだ」は、反対の意味なんですね』

今さら「違う」と否定したところで、凱が聞く耳を持つとは到底思えなかった。

——バカ犬。

唯織は甘い絶望の中に沈んでいく。

「ああっ、あっ、凱、もうっ……」

射精感が高まる。必死にこらえようとする唯織の中心を、凱の手のひらが握った。

「あっ、ダ、メッ……」

「イッてください」

「なっ……」

「イくところ、見せて」

耳朶を甘噛みしながら、凱が濡れた声で囁く。

「あぁ……ヒッ……アッ」

感じるポイントを抉《えぐ》られながら中心を擦りたてられ、唯織は悲鳴にも似た嬌声を上げる。

凱の指が先端の敏感な割れ目をなぞった瞬間。

「いっ……ァッ……アッ！」

全身を硬直させ、唯織は激しく達した。

「……っ……」

ドクドクと白濁を吐き出す。なかなか収まらない快感の波を、唇を噛んでやり過ごす唯織を、凱はどこかうっとりとした表情で見つめていた。

「やめろって言ったのに」

責めるような口調になってしまったのは、ひとりで先に昇りつめてしまったことが恥ずかしかったからだ。年上の矜持《きょうじ》が微妙に傷つき、ついつっけんどんな言い方になってしまう。

「すみません、唯織さんが可愛すぎて」

「はあ？」

「早くイくところが見たくて調子に乗りました」

「………」

こんな時、怒ればいいのか笑えばいいのか、そうかなるほどと鷹揚に理解を示せばいいのか。唯織は正しい答えを知らない。

唯織の小さなぐるぐるになどまるで気づいていないのだろう、凱は白濁に塗《まみ》れた自分の手を、なぜか愛おしそうにじっと見ている。

「悪い……汚したな」

これで拭《ふ》けと、傍らのティッシュボックスを渡そうとしたのだが、凱は「いいんです」とそれを拒否した。

「唯織さんの出したものだと思うと、愛おしくて」

「はあ？」

「拭くのがもったいないんです。本当は、直接飲みた――」

「ストップ」

皆まで言わせるものかと、唯織は凱の緩んだ顔を睨み上げた。

「それ以上言ったら殺す」

「ダメですか」

「ダメに決まってるだろ」

「そうですか。わかりました」

凱はほんの一瞬項垂れて見せたが、やおら唯織の膝裏に腕を差し込むと、両脚を軽々と持ち上げた。

「ちょっ、と待っ」

射精したばかりで身体に力が入らない唯織は、やすやすと脚を畳まれ恥ずかしい部分を凱の前に晒《さら》してしまう。

「待てません」

ピシャリと言い放つ凱の瞳は、今日一番の色香で潤んでいた。

「全部見せてって、言ったでしょ」

「や……だ」

「なんでも言うこと聞いてくれるんですよね?」

だからと言って、こんな格好で「そうだったな」などと冷静に答えられるわけがない。

薄桃色の先端は、たった今達したばかりなのにまだ物欲しそうに口をパクパクさせている。淫猥に濡れそぼったままの幹も、その下できゅっと凝ったふたつの袋も、すべてが凱の視線に晒されているのだから。

——そんな目で……見るな。

舐めるような視線が、唯織の身体にふたたび火を灯す。

「唯織さん……」

囁くように凱が呼ぶ。湿った声色が、またぞろ唯織を煽る。

「唯織さん……」

うわ言のように繰り返しながら、凱はその熱い昂《たかぶ》りに唯織の放ったものをまんべんなく塗り付けると、指で解《ほぐ》した入り口に宛がった。

「苦しかったら言ってくださいね」

唯織が小さく頷くのを待って、凱が挿入を始める。

「あっ……くっ……」

指とは比べ物にならない圧倒的な熱量が、唯織の身体をじりじりと開く。

圧迫感と快楽の狭間で、唯織は息を詰める。

「痛いですか?」

「……たくっ、ない、ああっ……」

強がってはみたものの、唯織はすぐに音を上げたくなった。若く猛々しい欲望が奥へと進むたび、唯織の身体にはじっとりと汗が滲んだ。

凱は唯織の細い腰を両側から押さえつけ、少しずつ腰の動きを強めていく。

「ひ、ぁ……あっ……」

一年半以上、誰も受け入れていない場所が、灼熱《しゃくねつ》の塊を呑み込んでいく。苦しさと喜びが危ういバランスでゆらゆらと揺れる。

「ひっ、やっ、無理……だ」

「キツイですか?」

唯織はカクカクと頷く。眦を濡らす涙が耳の方へ流れて落ちた。

「仕方ないですね。抜きましょう」

「……え」

「これ以上、無理なんですよね」

凱がゆっくりと腰を引く。ずるりと引き抜かれる感覚はしかし、唯織にひどい喪失感をもたらした。ここで逃げたら、凱はもう二度と追ってきてくれないのではないか。そんな不安が胸に広がる。

——嫌だ。それだけは……。

唯織は「待て」と凱の手首を摑んだ。

「……抜くな」

「え、でも」

キツイからやめろと言われ、仕方なく抜こうとすれば、やっぱり続けろと言う。唯織が凱なら「一体どうしろと言うんだ」と文句のひとつもぶつけたくなるところだ。

「辛いなら無理には――」

「辛く、ないっ」

凱の手首を握る手に、ぐっと力を込めた。

「だいじょぶ、だから」

「唯織さん……」

「抜かないでくれ、頼む」

凱は困惑したように瞳を揺らしたが、やがて蕩《とろ》けそうな優しい声で囁いた。

「わがままな人ですね」

「……おれもそう思う」

「でも好きです」

「……え」

「わがままな唯織さんも、大好きです」

「凱……あ、ああっ」

抜きかかっていた熱が、ふたたび唯織を開いていく。さっきより少しだけ強引なやり方で。

「ああ……凱……すごっ」

「唯織さん……っ」

凱の眉間に皺が寄る。余裕を失くした真剣な表情にぞくぞくした。

「あ、やっ……ああっ」

ぐんっとひと際強く突かれ、唯織は思わず背を反らした。また達してしまったのかと勘違いするほどの衝撃だった。

「届きましたよ、奥に」

甘く熱い囁きが耳朶を擽《くすぐ》る。

「ひとつになれました……やっと」

「凱……んっ……ふっ」

繋がったままの口づけはひどく淫猥で、さっき達したばかりなのに、唯織は自分のそこがすでに芯を取り戻していることに気づく。

「唯織さん、また硬くなってます」

「……言うなっ……あっ、やっ……あぁ……ん」

凱がゆっくりと抽挿を始める。張り出した切っ先が感じる部分を擦るたび、唯織の喉からはあられもない嬌声が漏れた。

「トロトロもこんなに溢れて」

「だから喋《しゃべ》る、なっ……ああっ」

文句を言うことも許させず、唯織は揺さぶられる。

「すみません。だって嬉しくて……唯織さんがこんなに感じてくれるなんて」

感無量だとばかりにそんな台詞を口にするものだから、唯織の先端からはいやらしい体液がとめどなく溢れ続けた。

――身体中が……熱い。

前も、後も、脳までも、凱の灼熱で溶かされてしまいそうだ。

「凱、も、もうっ……ああっ」

また来る。そう告げたいのに言葉にならない。

「唯織さん……」

凱の声もどこか切羽詰まっている。

「あぁ……ひっ、あっ、やっ……」

「唯織さん、一緒に」

どちらからともなく手と手を合わせる。唇も。

繋がっていないところなどひとつもないくらい、身体中で凱を感じたかった。

「あ、ああっ、がっ……ああっ！」

細い腰を震わせ、唯織は二度目の絶頂を迎えた。

「唯織さ……んっ……くっ」

ほぼ同時に凱が低く唸る。

最奥に熱い迸《ほとばし》りが叩きつけられるのを感じ、唯織は凱が達したことを知った。

「……っ……ぁ……」

汗ばんだ筋肉質の身体が脱力したように覆いかぶさってくる。

――凱……。

『本日はご来店いただきありがとうございました』

不意に脳裏に浮かんだのは、初めて『GAI』を訪れた日の凱だ。レジカウンター越しに立つ若いシェフは、涼やかな瞳と爽やかな笑顔と類《たぐい》まれな料理の腕で、開店休業中の小説家を優しく癒してくれた。

――うそじゃないんだよ、凱。おれもひと目惚れだったんだ。

打ち明けようとする唯織を、猛烈な睡魔の波が襲う。

「唯織さん？」

あれだけ乱れた後なのに、若い恋人はもう息を整えている。

「大丈夫ですか？」

「……じょぶ」

「眠いんですか？」

コクリと小さく頷くのが精一杯だった。目蓋を開けていることすら億劫《おっくう》になった唯織を、凱がその長い腕で包む。

「眠っていいですよ」

「…………」

「ずっとこうしているから」

「…………」

返事をしない唯織の額に、優しいキスが落とされる。

「そうだ、起きたら何が食べたいですか？」

「…………」

もちろんオニオングラタンスープ。

答えは声にならなかったけれど、唯織には自信があった。

目を覚ましたらきっと、熱々のオニオングラタンスープが待っている。

ほんの少し口元を緩め、唯織はひと時意識を手放した。

「本当ですか？　ホントにホントですか？」

唯織が声を裏返すと、スマホの向こう側の笹崎《ささざき》がクスクスと笑った。

『もちろんです。アイデアもエッジが利いているし、ストーリー展開も面白いし、ほとんど直すところはありません』

太鼓判を押され、唯織は思わずスマホを握りしめる。

「あ……ありがとうございます」

感極まりそうになり、思わず壁に向かってお辞儀をしてしまった。

『とても手ごたえを感じました。久しぶりに……と言ったら失礼ですけど』

「いえ、事実、久しぶりなので」

『長いスランプで辛かったとお察しします。頑張りましたね』

笹崎の労るような口調に、鼻の奥がツンとなった。目頭が熱くなる。

「見捨てないで待っていてくださって、本当に感謝しています」

『見捨てるなんて。他の担当さん方も、私と同じくらい首を長くして待っていらっしゃったと思いますよ。原稿、楽しみにしています』

「ありがとうございます。精一杯頑張ります」

頬を上気させ、唯織は通話を切った。

――感無量って、こういうことを言うんだな。

凱と涼音との関係を誤解して、地面にめり込むほど落ち込んだ勢いで新作のプロットを書き上げ、鮎原《あゆはら》書店の担当編集者・宍戸に送信したのが半月前のことだった。直後、久々のアルコールにやられてバーで倒れてしまったのだが、それがきっかけで晴れて凱と結ばれることになったのだから、人生何が起きるのかわからない。

ほどなく宍戸から夢にまで見た『GO』サインが出た。一年半ぶりに小説を書くことができる。作家の仕事ができる。デビューが決まった時以上に胸が躍った。

ひとつ乗り越えると、すべてが滑らかに回り始めるらしく、この一年半の苦しみがうそのように次々とアイデアが浮かび始めた。せっかくなので急いでプロットにまとめ、一昨日光《こう》源《げん》書房の担当編集者・笹崎に送った。内心自信はあったけれど、『手ごたえを感じた』とまで言ってもらえるとは思っていなかった。

暗く長いトンネルだったけれど、ようやく光に手が届いた気がする。

今度のことで唯織は痛感した。自分がいかに周りに恵まれているかを。そして周りの人々の助けによって生かされているのだということを。

笹崎や宍戸だけでなく、他の出版社の担当編集者たちも、誰ひとりとして唯織を見放さなかった。それどころか『いつまでも待っていますから』『焦らないでいいですよ』と言ってくれた。彼らの励ましがなければ、トンネルを抜け出すことなど到底できなかっただろう。

担当編集者たちだけではない。塞ぎがちな唯織をつかず離れず見守ってくれていた涼音にも感謝している。彼女の明るさに落ちかかった気分を何度も救ってもらった。

そして――恭介にも。無論こんなことになった原因を作った張本人であるという事実は否めない。けれどよりを戻そうなんて言いながら、最後の最後に凱の背中を押してしまう彼を、結局心から憎み切れないでいる自分がいる。

同じ作家として、恭介から学ぶことは多い。ただ恋人関係に戻ることは決してないだろう。この部屋に恭介が足を踏み入れることは、もう二度とない。

――だっておれにはあいつが……。

ふっと口元に笑みを浮かべた時だ。

「電話、終わりましたか？」

仕事部屋のドアがノックされたと思ったら、凱がひょこっと顔を覗かせた。「ああ」と頷きスマホをデスクに置くと、「よし」と言われた飼い犬のように凱が部屋に入ってきた。

今日は月曜日。『GAI』は休みだ。

あれ以来凱は、週に一度の店休日を唯織のマンションで過ごすようになった。

「またお仕事、決まったんですね」

「聞いていたのか」

ドアに耳でも当てていたのかと尋ねると、凱は「いいえ」と首を振る。

「キッチンにいたので話の内容までは。でも唯織さんの顔を見ればわかります」

「そっか」

ドアが開いた瞬間から、スパイシーな匂いが部屋に漂ってきた。どうやら今日の昼ご飯はカレーのようだ。若き天才シェフはフレンチと和食だけでなく、どんな国の料理もちょちょいと作ってしまう。仕事で毎日料理をしているのだから、休みの日くらいは手を抜いて簡単なもので済まそうなどという発想は微塵《みじん》もないらしい。

『仕事では作れない料理を作るのは、俺にとってご褒美みたいな時間です』

そう言って笑う凱を見て、こいつは骨の髄《ずい》まで料理人なんだなと唯織は思った。

先週の月曜の昼ご飯はベトナムのサンドイッチ・バインミーで、晩ご飯は参鶏湯《サムゲタン》だった。食後にはまたしても『試作品なんです』とマロンプリンが出てきた。どれもこれも言葉が出ないくらい美味しくて、この半月で唯織の体重はすっかり元に戻った。

「よかったですね、順調で」

「おかげさまで」

「俺は別に何も」

「いや、こんなに順調なのは間違いなくお前が作ってくれる美味い飯のおかげだ。この間あんなことになって食事の大切さが身に染みたよ。栄養っていうのは、身体だけじゃなく心にとっても大切なんだなって」

「唯織さん……」

「ありがとうな、凱」

微笑みながら見上げると、凱はうっすらと頬を染め「そんな……」と照れたように頭を掻いた。デレデレにならないように必死にこらえているけれど、見えない尻尾《しっぽ》がふっさふっさと左右に揺れている。

まったくもって、可愛くて仕方がない。

「昼、カレーなのか」

「はい。キーマカレーにしてみたんですけど」

「お、いいねキーマカレー。大好物だ」

「唯織さん、大抵の料理は大好物ですよね」

凱がクスクス笑う。確かにバインミーも参鶏湯も「大好物」だと大喜びして、あっという間に完食した。

「適当に言っているわけじゃないぞ。本当にどれも大好物なんだ」

「はいはい。わかってます」

「はいは一度でいい。てかお前、俺の好物を知っていて作ってないか？」

凱は以前、唯織の好物を調べ上げた過去がある。一哉が調べてくれたと言っていたが、本当は自らあの手この手で必死に調べ上げたらしい。雑誌のバックナンバーやらなにやらを駆使して作り上げた『唯織さんの好きな料理リスト』的なものを持っていても不思議ではない。

「まさか。偶然ですよ」

「怪しいな。お前には前科があるからな」

「前科ってなんですか」

凱が目を瞬かせたところで、唯織の腹がぐうっと派手な音を立てた。

「唯織さんのお腹が鳴る音は、いつ聞いても素敵です」

「はあ？」

「ＢＧＭにして二十四時間聴いていたいくらいです」

「………………」

絶句するしかなかった。からかわれているのかと思ったが、凱の表情は真剣そのものだった。腹の鳴る音を褒められたのは生まれて初めてだ。というか、そんなものをＢＧＭにしたいなどと考える人間は、世界中探しても他にいないだろう。

「今度録音しておく」

「え、ホントですか？」

「ホントなわけあるか、バカ」

「だったら直接聴かせてください」

諦めの悪いワンコは、唯織の腹部に耳を近づけてくる。瞬時にその魂胆を察した唯織は、足の裏で床を蹴り、椅子《いす》を三十センチばかり後退させた。

「いいじゃないですか。減るもんじゃないし」

「いや、減る」

「何が？」

「何がって……いろいろだ」

「お腹とか？」

「それはすでに限界まで減っている。っていうかしつこいぞ」

冗談の応酬をする間にも、凱は一歩二歩と距離を詰めてくる。しつこさの理由が痛いほどわかっているだけに、強硬な拒絶はできなかった。

昨夜凱は、店の営業が終了するやこの部屋にやってきた。いつもなら食事もそこそこにベッドへなだれ込むのだが、昨夜はこれ以上ないほど筆が乗っていて、なかなか執筆の区切りをつけることができなかった。ふと我に返った時にはすでに朝方で、凱はベッドで背中を丸めどこか寂しそうに眠っていた。

週にたった一度の店休日前の夜だったのに、可哀想《かわいそう》なことをした。面と向かって文句を言ったりはしなかったが、不満がないはずがない。

「ダメ……ですか？」

世にも悲しげな顔をするのは反則だ。喉元まで出かかった「ダメに決まってるだろ！」を呑み込んでしまう。

「ダメというか……早くお前が作ったカレーが食いたいんだ」

触れ合うことを拒絶されたわけではないとわかり、凱は一転、安堵の表情を見せた。こういう時の凱は、笑いたくなるほどわかりやすい。

「ですよね。すみません、すぐに支度します」

「俺も手伝うよ」

食器やカトラリーを準備するのは唯織の担当だ。

「いつも通り、ご飯は大盛りでいいですよね」

「ああ。今日は超大盛りで頼む」

「かしこまりました」

椅子から立ち上がろうとした唯織に、凱がすっと手を差し出した。素直にその手を握ると、ぐっと強く引き上げられた。爺《じい》さんじゃないんだから自力で立ち上がれるのに。

やれやれとんでもなく甘やかされているなあ、などと思っているといきなりぎゅっと抱き寄せられた。

「うわっ――んっ……」

不意に唇を塞がれた。

「……っ……ふっ……」

まだ昼前だというのに、キスはお構いなしに深まっていく。

――たった今「かしこまりました」って言ったよな。

「おい、飯……んっ……」

「もう、ちょっとだけ……」

「……っ……あっ……んっ……」

キスの湿度は徐々に「ちょっと」を逸脱していく。後頭部に手のひらを宛がわれ、ささやかな抗議も封じられ、唯織は心の中で嘆息する。

――まったく……。

唯織の〝空腹〟と凱の〝飢餓〟。

手の中にあったはずの優先権を、力づくで奪われた気分だった。

仕方がない、折れてやるか。だって年上だもん。

「……っん……ふ……っ」

スパイシーな香りの漂う部屋で、唯織はうっとりと瞳を閉じた。

カレーはしばらくお預けだ。

年下シェフの内緒の呟き

「唯織《いおり》さん」

耳元でそっと囁《ささや》くと、まどろみの中にいる恋人が長い睫毛《まつげ》を微《かす》かに震わせた。

「唯織さん、そろそろ起きてください。今日は取材に行くんですよね。──開けますよ」

ザッと勢いよくカーテンを開く。眩《まばゆ》い朝の光がベッドルームに降り注ぎ、唯織はようやくもそりと身じろいだ。まだ目は閉じたままだ。

「……何時だ」

「七時です」

「まだ夜中じゃないか……」

眠そうに掠れた声で文句を言うと、唯織は布団《ふとん》を額まで引き上げた。

午前七時は夜中ではない──というのは、あくまで日々規則正しく暮らしている人間の言い分だ。筆が乗ってくれば時間を忘れ、食事すら平気で抜いてしまう小説家に、世間一般の常識は通用しない。だから朝早く起きなければならない日は、こうして凱《がい》が『人間目覚まし時計』として前夜から泊まりに来るのだ。

「八時半には出るって言ってませんでした？　そろそろ起きないと」

「あと三分だけ……」

可哀想《かわいそう》だと思いながらも「ダメです」と布団を剝《は》いだ。パジャマ姿でちんまりと丸まっている恋人のあまりの愛らしさに、朝っぱらから目眩《めまい》を覚える。我慢できず固く閉じられた目《ま》蓋《ぶた》に小さく口づけると、唯織はようやくうっすらとその目を開けた。ものすごく迷惑そうに。

――ほんと、猫っぽいな。

学生時代、友人たちから「アメショ」と呼ばれていたと聞いた時、あだ名を付けた人のセンスに脱帽した。ツンと澄ました気位の高そうな表情と、時折不安げに揺れる瞳。そのギャップに心臓を貫かれ、気づけば夢中になっていた。紛《まご》うことなきひと目惚《めぼ》れだ。

「朝ご飯はフレンチトーストですけど、ベーコンも焼きますか？」

「……ん」

「飲み物は何がいいですか？」

「……ミルクティー」

かしこまりました、と笑って凱は寝室を後にした。唯織が一番ご機嫌になる朝ご飯はフレンチトーストだ。飲み物は必ずミルクティー。ミルクは多めが好きらしい。これ以上急《せ》かさなくてもあとは勝手に起きてくるに違いない。

食卓が整った頃、洗顔を終えた唯織がキッチンにやってきた。緊張感の欠片《かけら》もない寝起きの顔は、この世の物とも思えないほど可愛《かわい》らしい。いっそ神々しいほどだ――なんて言ったらきっとめちゃくちゃ怒られるだろうから、口には出さないのだけれど。

――ああ、今すぐ抱きしめたい。

「ミルクティー、お代わりいかがですか」

「ああ……もらう」

差し出されたマグカップを受け取って立ち上がると、唯織が不意に「凱」と呼んだ。

「今夜なんだけど、やっぱり帰ってくることにした」

「えっ、そうなんですか」

凱は軽く目を見開く。今日は担当編集者と一緒に隣県で取材をした後、現地のホテルに一泊する予定だと聞いていたからだ。

「ちょっと遅くなるけど、駅からお前の部屋に直行してもいいか?」

「俺は構いませんけど……」

「けど、なんだ」

「……いえ」

チラリと見上げる唯織の視線をじっと見返す。無言の「どうして?」を感じたのか、唯織は数秒でふいっと視線を外した。

「別に嫌なら——」

「いえ、大歓迎です。晩ご飯、一緒に食べましょう」

唯織は頷《うなず》いたが、どこか様子が変だった。どうやら何か言いたいことがあるらしい。

凱はマグカップを手にしたまま、唯織を見下ろした。こういう時は無理に問い質《ただ》そうとせず根気よく待っている方がいい。付き合って半年で学んだ。

「そうそう、ミルクティーでしたね」

キッチンに向かって歩き出すと、早速「大したことじゃないんだけど」と背中で声がした。

作戦成功だ。凱はゆっくりと振り返る。

「一緒らしいんだ。あの人と、ホテルが」

「あの人……」

はっきりしない唯織の口調に、凱はハッとした。

「真柴《ましば》さんですか」

図星だったらしく、唯織は小さく頷いた。

昨夜遅くのことだった。明日同行する担当編集者から唯織の元に電話があった。

『実は偶然なんですけど、明日、真柴さんたちも同じホテルに泊まるらしいんですよ』

編集者が言うには、真柴は唯織とは別の出版社の担当編集者と、やはり取材旅行の最中なのだという。

『真柴さんたちは三日前からそのホテルに滞在中だそうです。私、全然知りませんでしたよ。どうしますか夏川《なつかわ》さん。せっかくなので一席設けましょうか』

滅多にない偶然だ。唯織と真柴の過去を知らない担当編集者は、気を利かせてそんな提案をしてきた。唯織は少し迷って『実は』とうそをついた。

「急用が入って、当日中に東京に戻らなくちゃならないことになったって。申し訳ないとは思ったけど」

「そうだったんですか……」

「偶然同じ日に同じホテルを予約していたっていうだけの話だ。それ以上でもそれ以下でもない。酒の席を断ればいいだけだし、万が一同席を余儀なくされたって、絶対に何も起こらないし、起こさない自信はある。でも」

唯織は一度口を噤《つぐ》み、慎重に言葉を選ぶようにゆっくりと口を開いた。

「おれがお前なら嫌だと思ったんだ。そういうの」

「唯織さん……」

「たとえ偶然だったとしても、お前が過去の恋人と同じホテルに泊まっていたと後で知ったら、いい気持ちはしない。平気じゃいられない。だから――」

凱はマグカップをテーブルに置くと、俯《うつむ》きがちに言葉を紡ぐ唯織に近づき、背中からふわりと抱きしめた。

こうして恋人同士になる直前、凱は唯織が真柴とよりを戻すのではないかと勘繰り、悶々《もんもん》としていた。唯織は唯織で凱が心変わりをしたのではないかと邪推して苦しんでいた。あんな不安な気持ちになるのはもうゴメンだ。唯織も同じように思っているに違いない。

「嬉《うれ》しいです」

吐息に混ぜて耳元で囁くと、耳朶《じだ》がさーっと朱に染まった。

「真柴さんと同じホテルだなんて、ライオンの檻の中より危険ですから」

唯織が「確かに」と腹筋を震わせた。

「取材が終わったら一目散に帰ってきてくださいね。晩ご飯、何がいいですか？」

「うーん、久しぶりに日本酒が飲みたいな」

「いいですね。適当にツマミをつくっておきますね」

「楽しみにしてる――んっ……」

肩越しにキスをした。唯織の柔らかな唇《くちびる》は、バターとメープルシロップの味がした。


唯織を玄関まで見送った凱は、無意識に唇の端を指でなぞった。泥酔して倒れた唯織を迎えに行った夜、真柴とやり合って負傷した箇所だ。バーテンダーが止めに入るまでくんずほぐれつしていたのだから、ふたりとも完全に頭に血が上っていたのだろう。いい大人《おとな》がと、思い出すたび恥ずかしくなるけれど後悔はしていない。

あの夜のことで、ひとつだけ唯織が知らないことがある。ふたりで唯織をこの部屋に運び込み、ベッドに寝かせた後のことだ。目を覚ますまで付き添うと言い張る真柴を、凱は叩《たた》き出すように玄関まで追いやった。

『あとは俺ひとりで大丈夫ですので、どうぞお引き取りください』

慇懃無礼《いんぎんぶれい》に告げた。意訳すると『元カレの出番はない。とっとと帰れ』となる。真柴は不機嫌丸出しで凱を睨《にら》みつけた。すわ戦闘再開かと身を硬くしたが、二ラウンド目のゴングが鳴る前に、真柴は三和土《たたき》に放り出されていた革靴に足を入れ始めた。

『認めたわけじゃないからな』

靴ベラに踵《かかと》を滑らせながら、真柴が唸《うな》るように呟《つぶや》いた。一瞬何を言われたのかわからずその場に立ち尽くしていると、真柴がすくっと立ち上がった。

『まだ認めたわけじゃない』

さらりと文頭に付けられた『まだ』で、凱はようやく彼の本意に気づいた。

『万にひとつも浮気なんかして唯織を泣かせたりしたら、そん時はぶん殴られるだけじゃ済まないと思え。俺はありとあらゆる手を使ってお前を闇に葬る。必ずな』

『真柴さん……』

『唯織が落ち込んでいるなんて噂《うわさ》が耳に入った瞬間、俺は即行動に移すぞ。翌日にはお前の遺体が東京湾に浮かぶだろう』

推理小説ばりの不穏な台詞《せりふ》が、じんわり温かく胸に染み入ってくるのは、真柴の瞳の奥を見てしまったからだ。まるで愛娘を嫁《よめ》に出す父親のような、ひどく寂しげな色をしていた。

『それくらいの覚悟があるというなら、今日のところはひとまず帰ってやる』

睨む視線が心なしか弱々しい。凱は口元に小さな笑みを浮かべた。

『あなたがそれを言いますか？』

予想通りの反応だったのだろう。真柴はふんっと鼻を鳴らし、ドアノブに手を掛けた。

『とにかく、認めたわけじゃないから』

繰り返された台詞が、凱には別の言葉に聞こえた。

『まだ、ですよね』

それには答えず真柴は出ていった。後ろ姿が消えるまで見送り、凱は小さく嘆息したのだった。


自分を傷つけた男を、唯織はなぜ憎み切れずにいるのか。不思議に思っていたけれど、あの瞬間初めてわかった気がした。真柴は、唯織にとって父親のような存在なのだと。

唯織を幸せにしてやってくれ。頼んだぞ。

あの時真柴は、きっとそう言いたかったのだろう。

主のいない寝室に戻り、半端に開いたカーテンを全開にする。

さっきより少し高くなった太陽に目を眇《すが》めた。

「俺が唯織さんを、必ず幸せにします」

呟きが、旅先の真柴に届けばいいのにと思った。

あとがき

こんにちは。または初めまして。安曇ひかると申します。

このたびは『年下シェフの溺愛フルコース』をお手に取っていただきありがとうございました。互いに心に傷を抱え、それでも前向きに生きようとするふたりの恋物語、お楽しみいただけたでしょうか。ドキドキでございます。

もし小説が書けなくなってしまったら……。想像するだけでガクブルです。しかし考えてみれば私など、人気作家の唯織と違って万年スランプのようなものでして、むしろスランプじゃない時がない。なので苦しむ唯織に同情しつつも、内心「やだ、やけにリアルに書けちゃう。うきうき」と（笑）　唯織、すまん。

年下シェフの凱は外見だけでなく心もイケメンですね。でもカッとなって恋敵をぶん殴っちゃったり。若気の至り、最高です♡

そして今回のお気に入りキャラは、もちろん恭介です。彼のようなどこか突き抜けたところのあるキャラが大好物で、主役脇役を問わず時々登場させてしまいます。自分がなかなか思い切って突き抜けられない性格だからかもしれません。

yoshi先生、お忙しい中超絶素敵なイラストをいただき感謝感激です。カバーイラストのちょっとコミカルでポップなふたりの表情に、思わずニマニマしてしまいました。年下シェフに惹かれながらも戸惑いを隠せない唯織と、素直なワンコを装いつつ「捕獲」を狙う凱。ふたりの距離感がとても素敵でした。本当にありがとうございました。

末筆になりましたが、最後まで読んでくださった皆さまと本作にかかわってくださったすべての方々に心より感謝、御礼を申し上げます。ありがとうございました。

またどこかでお目にかかれますように。

二〇二三年　五月　　　　安曇ひかる

✦初出　年下シェフの溺愛フルコース……………書き下ろし
年下シェフの内緒の呟き…………………書き下ろし

安曇ひかる先生、yoshi 先生へのお便り、本作品に関するご意見、ご感想などは
〒151-0051 東京都渋谷区千駄ヶ谷 4-9-7
幻冬舎コミックス　ルチル文庫「年下シェフの溺愛フルコース」係まで。

幻冬舎ルチル文庫

年下シェフの溺愛フルコース

2023年6月20日　　第1刷発行

✦著者　安曇ひかる　あずみ ひかる

✦発行人　石原正康

✦発行元　株式会社 幻冬舎コミックス
〒151-0051 東京都渋谷区千駄ヶ谷 4-9-7
電話 03(5411)6431[編集]

✦発売元　株式会社 幻冬舎
〒151-0051 東京都渋谷区千駄ヶ谷 4-9-7
電話 03(5411)6222[営業]
振替 00120-8-767643

✦印刷・製本所　中央精版印刷株式会社

✦検印廃止

ISBN978-4-344-85243-3　C0193　Printed in Japan